ALFRED
Elsigan

Gibt es „echte" moralische Dilemmata?

Ein Dialog zwischen einem Optimisten und einem Skeptiker zum umstrittenen Trolley-Problem

novum pro

Bibliografische Information
der Deutschen Nationalbibliothek:

Die Deutsche Nationalbibliothek
verzeichnet diese Publikation in
der Deutschen Nationalbibliografie.
Detaillierte bibliografische Daten
sind im Internet über
http://www.d-nb.de abrufbar.

Alle Rechte der Verbreitung,
auch durch Film, Funk und Fernsehen,
fotomechanische Wiedergabe,
Tonträger, elektronische Datenträger
und auszugsweisen Nachdruck,
sind vorbehalten.

Gedruckt in der Europäischen Union
auf umweltfreundlichem, chlor- und
säurefrei gebleichtem Papier.

© 2025 novum publishing gmbh
Rathausgasse 73, A-7311 Neckenmarkt
office@novumverlag.com

ISBN 978-3-7116-0588-7
Lektorat: Daniela Ornest
Umschlagabbildungen: Oksana Kumer,
Riyanto Samui Daja | Dreamstime.com
Umschlaggestaltung, Layout & Satz:
novum Verlag
Innenabbildung: Alfred Elsigan

Die vom Autor zur Verfügung gestellte
Abbildung wurde in der bestmöglichen
Qualität gedruckt.

www.novumverlag.com

Ausgangsposition des Optimisten: In einer wohldurchdachten und von Prinzipien geleiteten Rechte-Pflichten-Ethik kann es keine echten Dilemmata geben ...

Ausgangsposition des Skeptikers: Es sind Situationen denkbar, wo widersprüchliche Verpflichtungsurteile und in Folge echte Dilemmata unvermeidlich sind ...

Das Trolley-Beispiel von Philippa Foot

Ein Trolley (schwere Gütertransportlok) mit Bremsversagen rast mit großer Wucht bergabwärts auf eine Weiche zu, an der sich der Schienenstrang nach zwei Richtungen aufteilt. Auf dem Hauptgeleise befinden sich fünf Arbeiter, auf dem Nebengeleise einer. Jeder der Arbeiter auf dem Geleise, welches der Fahrer ansteuert, wird getötet werden. Die Frage ist, soll der Fahrer die Weiche auf das Nebengeleise umstellen?

Inhaltsverzeichnis

Einleitung 13

Subjektive und echte (objektive) Dilemmata;
Problem Pflichtenkatalog; Hegels Verweis auf
bestehende „Sitte" 13

I. Kant verneint Pflichtenkollisionen;
Echte oder objektive Dilemmata; R. Hare:
Intuitives und kritisches Denken 20

I. Kants Idee von der menschlichen Würde als
Moralprinzip und A. Schopenhauers Deutung
der „Goldenen Regel"; Traditionelle Kriterien 29

P. Foot: Trolley mit Bremsversagen; J. Thomson:
Dicker-Mann-auf-der-Brücke;
Konträre Umfrageergebnisse; Neurowissenschaft;
Deontologische und konsequentialistische Kasuistik 32

Wir steigen in die Diskussion ein 41

Moralische Gefühle oder kategorischer
Gültigkeitsanspruch; Moral und Ethik;
Normenkohärenz statt Normenbegründung?
Rollentausch; Unrecht und „entschuldigender
Notstand" 41

A. Schweitzer: Unausweichlichkeit von Schuld
und schlechtem Gewissen; Fall Schiffbrüchige:
Willkür statt Fairness 50

Erlaubniskriterien auf dem Prüfstand:
Geschehenlassen; Nebenwirkung; kleineres Übel;
Foots Intuition der Gefahren-Umlenkung;
T. Zoglauer 56

Kritische Betrachtung des „Prinzips der
Doppelwirkung"; Foot beklagt Verwechslung von
Geschehenlassen und Nebenwirkung 71

Schädigen (Töten) schlimmer als Hilfeverweigerung
(Sterbenlassen): I. Kant; Bestätigung durch
Goldene Regel 82

Unterschiedliche Garanten-Verpflichtungen;
Vater-Beispiel; Tun durch Unterlassen;
Lokführer darf die Weiche umstellen, nicht aber
der Weichensteller 89

Faires Losverfahren löst Entscheidungs-Dilemmata.
Trolley-Fallstudie: zur freien Wahl zwischen
fundamentalen Unrechtshandlungen genötigt 104

Abschließende Überlegungen 117

Die Relevanz des Quantitäts-Kriteriums; Frage nach
Stellenwert und Subjekt des „kleineren Übels".
Rechtsordnung wählt das „größere Übel" 117

Verpflichtung zur Opferbereitschaft entspricht nicht
der Menschenrechts-Konzeption der Aufklärung 125

Problematische Rechtfertigung (Umlenken) durch
zahlenmäßige Verringerung der von Unrecht
Betroffenen. Jegliche Notwehr zulässig 131

Rechtsordnung und Alltagsmoral argumentieren
einseitig und verkürzt. Sinn von „Wähle das
kleinere Übel" 137

Sind Losverfahren möglich, darf die Opferung
eigenen Lebens nicht erzwungen werden
(Durchsetzungs-Dilemma) 141

Das Trolley-Beispiel macht sichtbar:
Es gibt echte moralische Dilemmata 146

Literaturverzeichnis 148

Einleitung

Subjektive und echte (objektive) Dilemmata; Problem Pflichtenkatalog; Hegels Verweis auf bestehende „Sitte"

Bevor wir in die Diskussion einsteigen, ist neben der Erörterung unterschiedlicher Ethikmodelle zuallererst die Frage zu stellen, was man unter dem Begriff eines echten „*moralischen Dilemmas*" verstehen kann. Der Begriff „Dilemma" (griechisch di-lemma in der Bedeutung von „Zwiegriff") im engeren Sinn wird verwendet, um anzudeuten, dass man in der Bewertung alternativer Handlungsmöglichkeiten in einer Art von Zwickmühle steckt, bei der mit bestem Willen ein Ausweg nicht erkennbar ist. Dieser zwingende Eindruck von *Ausweglosigkeit* unterscheidet diese Idee des moralischen Dilemmas streng genommen auch von jenen moralischen Entscheidungsproblemen, wo sich vielleicht im ersten Moment, d. i. bei Zeitknappheit und Informationsmangel, keine schlüssige Lösung anbietet, aber noch die Hoffnung besteht, dass sie durch gründliche Prüfung aller Alternativen erreichbar sein müsste. Solche Entscheidungskonflikte wären als vorläufige oder als subjektive Dilemmata zu bezeichnen.

Dem gegenüber stünde man bei echten Dilemmata vor einer Situation, die man als nicht auflösbare „Pflichtenkollisionen" zu bezeichnen hätte. Anlass für solche moralische Dilemmata wären demnach Kollisionen, bei denen das Moralsubjekt mit seiner Suche nach einer gerechtfertigten Entscheidung definitiv in einer Sackgasse landet. Eine gebräuchliche Charakterisierung lautet demnach: Echte moralische Dilemmata ergeben sich unter bestimmten Umständen in Situationen, wo gegenläufige Pflichten und Handlungsanleitungen zur gleichen Zeit *fällig* sind: Man sollte A und zugleich B tun, oder man sollte A tun und zugleich A nicht tun. Beides zu tun ist unmöglich, man hat aber keine vernünftigen Gründe, sich für die eine Möglichkeit zulasten der anderen zu entscheiden. Steht aber zum Beispiel ein Bergsteiger vor der

Frage, ob er ein gegebenes Versprechen zu einer gemeinsamen Bergtour brechen darf, um mithilfe fremden Eigentums einem Schwerverletzten Beistand zu leisten zu können, fällt die moralische Abwägung, in Übereinstimmung mit der Rechtsordnung, ohne Bedenken zugunsten des Hilfsbedürftigen aus.[1] In dieser Pflichtenkollision hat man nach unseren moralischen Überzeugungen ausreichend gute Gründe, um den Entscheidungsnotstand vermeiden zu können. Auch in derartigen Fällen liegt eine belastende Situation vor (der Bergkamerad konnte nicht vorinformiert werden, muss dies aber moralisch dulden, ebenso wie der Eigentümer die Besitzstörung), wird aber dort, wo sich in der Alltagsmoral die nötige Gewichtung gewissermaßen „von selbst" versteht, zumindest nicht mehr als Beurteilungskonflikt wahrgenommen.

Es lassen sich daher bei Entscheidungsproblemen, die man gewöhnlich als moralische Dilemmata bezeichnet, weil es in Folge oft unschuldige Opfer gibt, qualitative Abstufungen unterscheiden. Aufgrund dieses weiten Sprachgebrauches erscheint daher die Frage „Gibt es denn wirklich moralische Dilemmata?" beinahe realitätsfremd. Wieso sollte man an der Gegebenheit von moralischen Dilemmata zweifeln, wo wir ihnen doch auf Schritt und Tritt begegnen? Immer wieder stehen wir vor offenen moralischen Fragen und lösungsbedürftigen Entscheidungskonflikten. Die nötige Gewichtung Pro und Kontra ist oft strittig oder liegt nicht immer so offen auf der Hand wie beim obigen Beispiel. Auf einen pragmatischen Ausweg oder auf einen rettenden Konsens zu hoffen, ist nicht immer möglich. Problematisch vor allem dann, wenn Betroffene meiner

---

1 In Anerkennung des grundsätzlichen Vorranges des Schädigungsverbotes vor dem Gebot der Hilfeleistung hat die Rechtsordnung, durchaus konform mit der Alltagsmoral, mit dem „rechtfertigenden Notstand" (deutsch StGB § 34) eine Regelung gefunden, wo bei Überwiegen eines bedrohten Rechtsgutes zu dessen Schutz ein Schädigungsakt erlaubt ist und geduldet werden muss, allerdings verbunden mit dem Anspruch auf Schadenersatz.

Entscheidung unweigerlich, wenn auch ungewollt, nachhaltig zu Schaden kommen. Die alltäglichen Dilemmata haben daher zwei Gesichter. Einerseits die Unsicherheiten und Mühen der Entscheidungsfindung bei kollidierenden Verpflichtungsgründen. Andererseits die Belastung, einem der Handlungsadressaten unter Umständen zumuten zu müssen, schwerwiegende Nachteile auf sich zu nehmen.

Alltagsmoral und normative Ethik sind außerdem häufig konfrontiert mit dem interkulturellen Faktum divergierender moralischer Grundhaltungen. Aber auch bei gemeinsam vertretenen moralischen Grundsätzen ist oft genug, trotz bestem Wissen und Gewissen, ein tragfähiger Konsens in der Abwägung schwer herstellbar. Dazu kommen noch mögliche Unklarheiten hinsichtlich der Situationseinschätzung, sowie der Umsetzbarkeit einer Verpflichtung in die Tatwirklichkeit. Alle diese Uneinigkeiten, diese mit der Fehleranfälligkeit menschlichen Erkennens und Könnens zusammenhängenden Mängel in Urteilsbildung und Handlung, definieren noch nicht das, was man als ein echtes moralisches Dilemma zu kennzeichnen hat.

Die zeitgenössische Medizinethik bleibt allerdings vom Verdacht, von echten moralischen Dilemmata betroffen zu sein, nicht verschont. Man kann hier verweisen auf die vielzitierte Konzeption der vier moralischen *Prinzipien* bei T. Beauchamp und J. Childress, nebeneinander aufgereiht als prima-facie-Verpflichtungen: Nichtschädigen, Wohltun und Fürsorge, Respekt für Selbstbestimmung, Gleichheit und Gerechtigkeit bei der Ressourcenverteilung.[2] Mögen diese Prinzipien, für sich genommen, im guten Sinne handlungsanleitend sein. Doch sind Konfliktfälle nicht auszuschließen. Hier seien sie gegeneinander abzuwägen. Wenn aber dafür kein plausibles Vorrang-Kriterium gesucht und bereitgestellt wird, ist die Gewichtung im Grundsätzlichen oder auch im Einzelfall umstritten und lässt einen breiten Spielraum für Interpretationen und weiterge-

---

2 T. Beauchamp/J. Childress, Principles of Biomedical; 1994, Oxford.

hende Diskussionen.[3] Aufgrund dieses Defizits kann es auch hier zu willkürlichen Entscheidungen und damit für den Entscheidungsträger zu echt erscheinenden Dilemmata kommen. Es wird zu untersuchen sein, inwiefern sich auf der Basis der Kantischen Lehre (personale „Würde") ein Ausweg anbietet. Überhaupt muss man bedenken, dass die Antwort auf die Frage, ob es echte moralische Dilemmata in bestimmten Situationen geben kann, davon abhängt, ob man von der Kantischen Tradition, oder der utilitaristischen Tradition, oder von bestimmten intuitionistischen Wertetheorien, oder auch von der Lehre von der „Doppelwirkung" her an das Thema herangeht. Ist beispielsweise der utilitaristische Theorie-Ansatz (Gesamtsumme der guten Folgen zähle!) fragwürdig, dann auch eine davon abhängige Zurückweisung von echten Dilemmata.

Moralische Lebenshaltungen stehen also in verschiedener Hinsicht vor Abwägungsproblemen, die oftmals undifferenziert und vorschnell als Dilemmata bezeichnet werden. Die gewöhnlichen und durchaus alltäglichen Dilemmata, die man besser als Entscheidungsprobleme bezeichnet, sind somit solche, wo man hier und jetzt aus Mangel an Wissen bloß unsicher ist und vorläufig, trotz gewissenhafter Überlegung, nicht beurteilen kann, ob man unrecht tut, ob man falsch oder richtig entscheidet. Demgegenüber steht man vor echten Dilemmata, wenn man auf der Basis von plausiblen Prinzipien wohlüberlegt und mit logischer Sicherheit wissen kann, dass man sich zwischen zwei gleich schlechten Alternativen befindet. Das echte moralische Dilemma existiert in dem drückenden Bewusstsein, in einer bestimmten Situation unausweichlich wählen zu müssen zwischen zwei als falsch zu beurteilenden Handlungsmöglichkeiten. Bei der Frage, ob es sich jeweils um ein subjektives

---

3 So ist strittig, ob im Konfliktfall Nichtschädigen immer vor Fürsorge geht; ob Selbstbestimmung immer Vorrang hat vor Paternalismus; ob Freiheitsmaximierung immer mehr zählt als Sicherheit, und wenn nicht: wo und wann nicht. Das gern herangezogene Ersatzkriterium des „kleineren Übels" lässt ebenfalls viele Fragen offen.

und damit auflösbares Dilemma handelt, oder ob man von einem objektiven Dilemma sprechen muss, brauchen nicht notwendig fundamentalphilosophische Evidenz-Theorien bemüht werden. Es sollte als Beleg für die Objektivität eines echten Dilemmas die Möglichkeit genügen, aufzeigen zu können, dass jeder denkbare Lösungsversuch in einen fatalen Selbstwiderspruch führt. Deshalb wird zu diskutieren sein, ob man anhand von Fallbeispielen zeigen kann, dass es in diesem Sinne objektiv *echte* moralische Dilemmata tatsächlich geben kann. Dabei stellt sich u. a. die Frage, ob und inwiefern die üblichen Überzeugungen der Alltagsmoral Gefahr laufen, in solch vorläufige, vermeintlich „echte" Dilemmata hinein zu geraten und in welcher Weise hier Aufklärung stattfinden kann. Unsere Auseinandersetzung wird sich daher auch mit der Frage zu beschäftigen haben, wie weit es unserer gewohnten moralischen Urteilsweise mit Hilfe der normativen Ethik gelingen kann, in extremen Fallsituationen echte Entscheidungsdilemmata zu vermeiden. Das wäre immer dann der Fall, wenn sich in solchen moralischen Konfliktsituationen die Chance anbietet, konkurrierende Handlungsalternativen durch Verweis auf tragfähige moralische Kriterien und Prämissen als richtig oder falsch, als vorrangig oder nachrangig zu qualifizieren, oder zumindest die Lösungsmöglichkeit offen zu halten. Ein aus Gründen der Logik prinzipiell unlösbarer Konflikt in existentiell wichtigen Belangen würde demnach als echtes und zugleich objektives Dilemma zu bezeichnen sein. So ist die Komplexität und Vielschichtigkeit von Entscheidungssituationen immer wieder Anlass für moralische Konflikte, mitunter auch für echt erscheinende Dilemmata. Die Mannigfaltigkeit und Zufälligkeit der Umstände sowie die Irrtumsanfälligkeit zielgerichteten Handelns können Anlass liefern für Verpflichtungen, die unglücklicherweise miteinander nicht im Einklang stehen. Lässt sich bei näherer Prüfung aufzeigen, dass die Gesamtsituation wider Erwarten günstige Verläufe und Handlungsmöglichkeiten anbietet, dass irrtümlich dilemmatische Randbedingungen als Faktum vorausgesetzt wurden, findet man bereits hier Wege, um dem Konflikt auszuweichen und damit auch dem drohenden Dilemma zu entkommen. Die zunächst als ausweglos erscheinende Situation würde sich hinterher als (subjektives) Scheindilemma herausstellen. Das muss aber nicht immer der Fall sein. Und so könnte es dann tatsächlich zu jener echten moralischen Zwickmühle kommen, die sich im Bewusstsein ausdrückt: *Was man auch tut, man handelt gegen eine Pflicht!* Damit handelte man in solchen Situationen immer falsch und (zu Recht oder Unrecht?) mit schlechtem Gewissen.

Ist dieser Eindruck der Unausweichlichkeit von *Pflicht gegen Pflicht* berechtigt? Gibt es nachweislich solche echten moralischen Dilemmata? Sie scheinen zumindest dort subjektiv unvermeidlich zu sein, wo man sich in der Gewissensprüfung unkritisch auf einen festen *Katalog* von prima facie gleichrangigen Verpflichtungen (analog den „Zehn Geboten") zurückbezieht. Und sie in ihrer abstrakten Einfachheit beim Wort nimmt, ohne sich zugleich die eingeübten (*„üblichen"*) einschränkenden Bedingungen ihrer Verbindlichkeit bewusst zu machen. Dilemmata dieser Art sind in hohem Maße irritierend, aber zumeist einer entlastenden Aufklärung zugänglich.

Hegel[4] hat überzeugend beschrieben, dass Personen, die sich in ihrem Handeln unmittelbar an dem orientieren, was „Sitte" ist, zwar gewohnt sind, für die normalen Lebensverhältnisse tradierte Rangordnungen (innerhalb dessen, „was man tun und lassen soll") zur Geltung kommen zu lassen, allerdings ohne sie explizit zu reflektieren. Nötigt man sie aber, sich bei der Gewissensprü-

---

4 Vgl. G. W. F. Hegel, Vorlesungen über die Geschichte der Philosophie; Bd. 1, Suhrkamp, 1971, S. 407f.: „In seinen Handlungen überhaupt, nicht im schlechten Handeln, bricht er [der Mensch innerhalb der Sitte] diese seine Maximen, seine Grundsätze; und wenn er ein vernünftiges Leben führt, so ist es eigentlich nur eine beständige Inkonsequenz, das Gutmachen einer borierten Handlungsmaxime durch Abbruch [Einschränkung] von der anderen." [...] „Der gemeine Verstand ist in seinem Handeln besser, als er denkt. Sein handelndes Wesen ist der ganze Geist, aber als Geist ist er sich nicht bewusst, sondern was er sich bewusst wird, sind solche Gesetze, Regeln, allgemeine Sätze, die ihm im Bewusstsein für wahr gelten; und im Handeln widerlegt er selbst die Borniertheit seines Verstandes."

fung auf die allgemeinen Grundsätze ihres tradierten Pflichtenbewusstseins zu besinnen, stehen sie vor einer Pluralität von vereinzelten und damit ohne wechselseitige Einschränkung als verbindlich anerkannten Normen: Man soll nicht töten, nicht lügen und betrügen, man soll nicht stehlen, man soll nicht gewalttätig werden, man soll gegenüber fremder Not nicht gleichgültig sein usw. Werden dabei die praktizierten Ausnahmeregelungen nicht mitreflektiert, zugleich aber die Handlungen mit diesem abstrakten Pflichtbewusstsein konfrontiert, ist es nicht schwer, jemandem ein „schlechtes Gewissen" zu machen. Man kann ihm nachweisen, dass er in seiner Lebensweise ununterbrochen Pflichten verletzt. Was dem reflektierenden Pflichtenbewusstsein noch als „absolute" Wahrheit gilt, wird in der alltäglichen Konkretisierung, im Ordnen und Abwägen, im unmittelbaren Vorziehen und Nachsetzen zu einer „relativen" Wahrheit. Die *Sophisten* im alten Griechenland waren deswegen gefürchtet, weil sie sich diese Diskrepanz und Inkonsequenz zunutze machten und die braven Bürger verunsicherten und verwirrten.

Darauf aufmerksam zu machen und das verunsicherte Gewissen zu beruhigen, dürfte auch das Anliegen des treffenden Spruches gewesen sein, den angeblich ein englischer Pastor Ende des 19. Jh. an seiner Kirchentür anbringen ließ: *„Wenn zwei Pflichten kollidieren, ist eine davon nicht deine Pflicht!"* Wenn es im Konfliktfall gute Gründe gibt für unterschiedliche Verpflichtungsgrade, dann hört die Normverletzung auf, eine vorwerfbare Pflichtverletzung zu sein.

I. Kant verneint Pflichtenkollisionen; Echte oder objektive Dilemmata; R. Hare: Intuitives und kritisches Denken

Für *Kant*, auf den sich der Pastor offensichtlich beruft, gibt es daher bereits analytisch, d. i. aus der begrifflichen Bedeutung von „Pflicht", als kategorisch-vernünftige Verbindlichkeit eines Sollens, *keine echte* Kollision von Pflichten:

„*Da aber Pflicht und Verbindlichkeit überhaupt Begriffe sind, welche die objektive praktische Notwendigkeit gewisser Handlungen ausdrücken und zwei einander entgegengesetzte Regeln nicht zugleich notwendig sein können, sondern, wenn nach einer derselben zu handeln es Pflicht ist, so ist nach der entgegengesetzten zu handeln nicht allein keine Pflicht, sondern sogar pflichtwidrig: so ist eine Kollision von Pflichten und Verbindlichkeiten gar nicht denkbar. Es können aber gar wohl zwei Gründe der Verbindlichkeit, deren einer aber, oder der andere, zur Verpflichtung nicht zureichend ist, in einem Subjekt und der Regel, die es sich vorschreibt, verbunden sein, da dann der eine nicht Pflicht ist. – Wenn zwei solcher Gründe einander widerstreiten, so sagt die praktische Philosophie nicht: dass die stärkere Verbindlichkeit die Oberhand behalte, sondern der stärkere Verpflichtungsgrund behält den Platz.*"[5]

Es wäre aber voreilig, daraus den Schluss zu ziehen, moralische Dilemmata ließen sich auflösen oder widerlegen mit dem Hinweis, dass es schon aus Gründen der Logik und der praktischen Vernunft Pflichtenkollisionen eigentlich gar nicht

---

[5] Siehe I. Kant, Metaphysik der Sitten; Ausg. Weischedel, Kantwerke 1971, Bd. 7, S. 330f.

geben könne. Echte Dilemmata im Sinne von zwei sich widersprechenden und gleichermaßen als „gültig" anzuerkennenden „Verbindlichkeiten" kann es in der Tat nicht geben. Das wäre ein Widerspruch in sich. Wohl aber kann es Dilemmata in dem Sinne geben, dass trotz Entscheidungsdruck gar kein gültiges Verpflichtungsurteil zustande kommt. Es wird zu prüfen sein, ob das Trolley-Problem so einen Fall darstellt. Man sieht, unter Berufung auf Kant, die Frage des moralischen Konflikts bleibt und verschiebt sich damit nur, semantisch präzisiert, von der „Pflichtenkollision" hin zur Kollision von *Pro-und-Kontra-Gründen*. Tatsächlich ist dann, wenn man sich bei Vorliegen von Gründen vernünftig abwägend für eine Variante (Kants „stärkerer" Verpflichtungsgrund) entschieden hat, nur mehr diese eine Handlung Pflicht. Wenn bei den folgenden Überlegungen trotzdem der geläufige Begriff der „Pflichtenkollision" weiterhin verwendet wird, dann ist damit die Kollision der Verpflichtungsgründe gemeint.

Wird aber diese selbstkritische und autonome Suche nach dem gewichtigeren Geltungsgrund von vorneherein unterbunden durch unmittelbare Berufung auf einen heteronom übernommenen Katalog von gleichrangigen Verpflichtungen (analog den „Zehn Geboten"), dann wird der Mensch tatsächlich seine *persönlichen* moralischen Dilemmata erleben. Und sei es auch nur, wie Hegel meint, auf der Ebene der sophistisch aufgenötigten Selbstrechtfertigung, verbunden mit dem Eingeständnis, dass das Vorziehen nur eine unlautere Anmaßung darstelle („Ich habe gar nicht bedacht, dass ich durch meine Wahl andauernd Pflichten verletze!"). Daraus resultieren jene vermeidbaren moralischen Dilemmata, die von „vermittelten", d. h. über das Scheitern von fundierten Lösungsversuchen sich ergebenden echten Dilemmata zu unterscheiden wären. Wir werden sehen, dass nach der einflussreichen Moraltheorie von R. Hare unsere moralischen Vorstellungen auf der „intuitiven" Ebene vor eben diesen Schwierigkeiten stehen.[6]

Setzt man dagegen im Sinne von Kant die Vernunftfähigkeit von moralischen Grundsätzen und den daraus sich ergebenden konkreten Handlungsanweisungen voraus, können nicht zwei entgegengesetzte Normen gleichzeitig *verbindliche* Pflichten der praktischen Vernunft sein. Außerdem gilt das Prinzip: Tun-sollen („ought") schließt Tun-können („can") mit ein, d. h. die persönliche Zurechnung und Vorwerfbarkeit einer Pflichtverletzung ist gebunden an die Möglichkeit der Pflichtbefolgung. Steht man im landläufigen Sinn vor einer „Pflichtenkollision", dann steht man in Wahrheit zunächst einmal vor einer Kollision von Gründen, wo noch unklar ist und erst entschieden werden muss, welcher Grund schwergewichtiger ist. Man muss allerdings einräumen, dass diese Arbeit jeweils zu leisten ist und sich im Dialog immer wieder bewähren muss. Trotzdem ist die Möglichkeit gleichrangiger und zugleich konträrer Verpflichtungsgründe nicht auszuschließen.

Von moralischen Dilemmata darf also in verschiedener Hinsicht gesprochen werden. Sie können mehr oder weniger umfassend in Erscheinung treten. Manche lassen sich, wie die gerade erwähnten persönlichen Dilemmata, als „subjektiv" kennzeichnen. Wie aber sind *echte* und zugleich objektive moralische Dilemmata näherhin zu charakterisieren? Um den obigen Vorschlag zu präzisieren: Sie haben zu tun mit Situationen, wo eine moralische Rechtfertigung bei der Wahl zwischen mehreren Möglichkeiten nicht nur unsicher und mühsam, oft genug auch strittig, sondern prinzipiell und von allen Seiten her betrachtet unmöglich ist. Dies ist der Fall, wenn die Bewertung der Handlungsalternativen

---

6 Ob bei R. Hare das „intuitive" Handeln ebenfalls die vernünftige „Inkonsequenz" im Sinne der Hegelschen Interpretation praktiziert und unreflektiert auf eine Rangordnung zurückgreift, sei dahingestellt. Jedenfalls lässt Hare für das „intuitive" Denken in „außergewöhnlichen" Handlungssituationen keinen Spielraum für Abwägungen gelten. Siehe dazu: Moralisches Denken; Suhrkamp; 1992, S. 98.

eine normative Gleichgewichtigkeit und damit eine Pattsituation zwingend nahelegt: Es gibt gute Gründe für die Alternative A, es gibt ebenso triftige Gründe, A zugunsten von B zu unterlassen. Die solcherart beurteilten Handlungsalternativen sind somit nicht schlechterdings falsch. Auf keinen Fall aber wären sie als gleichermaßen gut zu bezeichnen. Denn immerhin würden sich beide als zugleich richtig *und* falsch erweisen.

Diese allgemeine Bestimmung ist aber unter Umständen noch nicht ausreichend, insofern im Bereich moralischer Bewertung einer handelnden Person eine damit einhergehende Zuspitzung nicht ausgeschlossen werden kann: Die eigentümliche Form eines echten (objektiven) moralischen Dilemmas wäre demnach erst jene extreme Situation, wo man, egal wie man sich verhält, Vorwerfbarkeit und Unrecht letztendlich nicht vermeiden kann. Als „Unrecht" in moralischer und rechtlicher Bedeutung gilt allgemein (im Unterschied zum Bewirken von „Unglück") die wissentliche Missachtung legitimer Erwartungen und geschuldeter Ansprüche, die sich aus verbindlichen Grundnormen der Mitmenschlichkeit ergeben. Unrecht zu tun impliziert, um als Tat zugerechnet zu werden, in der Regel dessen Vermeidbarkeit und ist in hohem Maße empörend und als persönliche Schuld vorwerfbar. Es fragt sich daher erstens, ob tatsächlich Situationen möglich oder wirklichkeitsnah vorstellbar sind (Fallbeispiele), wo deshalb keine von den aufgenötigten Handlungsalternativen moralisch gerechtfertigt sein kann, weil beide gleichzeitig, aber gegenläufig und einander ausschließend, Richtigkeit beanspruchen. Und es fragt sich dabei zweitens, ob trotz Unvermeidlichkeit des Entscheidens von persönlicher Schuld gesprochen werden darf, weil es sich immerhin noch um einen freien Wahlakt handelt, welche Alternative man bevorzugt.

Oder wäre es hier nicht sinnvoll zu fragen, ob es dann nicht normativ gleichgültig sein müsste, für welche Alternative, das heißt zugleich, für welche Normverletzung man sich entscheidet? Angenommen also, es existiert in solch außergewöhnlichen Fällen keine „gerechte" Lösung, weil keine vernünftige Begründung angegeben werden kann, die eine Alternative anstelle der anderen zu wählen. In diesem Fall scheint *doch* die Wahl gewissermaßen *moralisch freigestellt* zu sein. Es bestünde demnach keine zumutbare persönliche Verpflichtung, so und zugleich nicht so zu handeln, wenn doch zumutbares Sollen ein *Können* voraussetzt. Wäre dieses Argument eine Forderung der Logik? Oder käme der Rationalitätsanspruch moralischen Urteilens hier an seine Grenze? Folgt daraus tatsächlich, dass das Handeln in solchen Situationen weder geboten noch verboten wäre und daher mit gutem Gewissen als *erlaubt* gelten dürfe? Oder wäre man doch nicht berechtigt, nach eigenem Ermessen eine der beiden Alternativen zu wählen?[7] Die Kennzeichnung „erlaubt" erscheint in diesen Zusammenhängen zweideutig und problematisch. Hier ist eine Differenzierung ratsam. Die konträren Verpflichtungsurteile können, wie bereits ausgeführt, nicht einfach gleichermaßen gültig sein, erweisen sich doch beide aufgrund ihrer wechselweisen Neutralisierung letzten Endes als *ungültig*. Das bedeutet auch, nur die *Gründe* für das Pro und Kontra sind, jeweils bloß für sich betrachtet, gleich gültig (gleich gewichtig). Dagegen müssen beide daraus resultierenden Imperative gleichzeitig und daher widersprechend als Gebote und ebenso als Verbote formuliert werden. Macht es doch einen Unterschied, ob etwas weder verboten noch geboten ist, oder ob es zugleich geboten und verboten ist. Die entlastende Bestimmung „*freigestellt*" hätte nur Sinn, wenn nichts dafür und nichts dagegenstünde. Doch hier steht alles dafür und auch alles dagegen. Wegen dieser Widersprüchlichkeit lässt sich für die Leidtragenden kaum ein schlüssiges Argument konstruieren, einer Duldung zustimmen zu sollen.

---

7 Wenn Kommentare zur geltenden Rechtsordnung (dt.) dennoch in diese Richtung argumentieren, dann mit Bezug auf Rettungspflichten. So auch Roland Hefendehl: „Bei der Kollision von gleichrangigen Pflichten (Fall der ertrinkenden Kinder) tritt eine Rechtfertigung bereits dann ein, wenn der Täter eine der beiden Pflichten erfüllt." Anstatt, juristisch bewertet, gar nichts zu tun. (Vorlesung Strafrecht AT WS 08/09, Universität Freiburg; Strafrecht Online.org, S. 220).

Auf der anderen Seite ist zu bedenken, das Moralsubjekt hat in diesem Fall gar keine Möglichkeit, die Entscheidung zu vermeiden. Damit ergibt sich, wie oben angedeutet, die berechtigte Frage, wie es denn denkbar sein sollte, ohne Widerspruch ein aufgezwungenes Wählen-Müssen mit dem Vorwurf des *Unrecht-Tuns* zu verbinden. Ich möchte später zu zeigen versuchen, dass diese Form eines moralischen Dilemmas durchaus im Bereich der Denkmöglichkeit liegt.

Allerdings ist in Erwägung zu ziehen, ob sich nicht die auf den ersten Blick widersinnig erscheinende Vermutung eines unvermeidlichen Unrecht-Tuns sowieso in speziellen Situationen als gegenstandslos erweist. Wurde nicht für derartige dramatische Entscheidungs-Zwickmühlen, wo es sogar um Leben und Tod ging, aber kein inhaltlich gerechtes Urteil in Sicht ist, immer wieder auf das, was man (als zweitbesten Weg) *„Gerechtigkeit durch Verfahren"* nennt, verwiesen? Auch dieser Vorschlag einer fairen, und deshalb gerechtfertigten Notlösung wird zu prüfen sein. Für sie ergibt sich folgendes Argument: Wenn ich dringend Person A retten oder schonen und zugleich Person B retten oder schonen soll, das eine das andere ausschließt und sich auch keine plausibel erscheinenden Gründe für eine Vorrangigkeit anbieten, wird eine *überparteiliche* Zufallsentscheidung gerechter sein als bloße Beliebigkeit. Man denke an die altehrwürdige Praxis der *Auslosung* und dabei, wenn es schnell gehen muss, an einen Münzwurf.[8] Aber, auch wenn man geneigt ist, das Losverfahren in Situationen, wo die Gründe für Handlungspflichten („Wer soll gerettet werden?") kollidieren, zu befürworten, ist es noch nicht ausgemacht, dass man dieses Verfahren auch in anders gelagerten Konfliktsituationen (Trolley-Problem) praktizieren kann und verwenden darf. Denn, wir werden sehen, genau betrachtet kollidieren hier Unterlassungspflichten (Verbote).

---

8 Wenn hier von Zufall die Rede ist, dann in der einfachen Bedeutung von „nicht vorhersehbar".

Wir sind bisher allerdings nur *hypothetisch* und probeweise von der Vorstellung gleichrangiger Gründe ausgegangen. Will man verhindern, sich im wirklichen Leben vorschnell und unkritisch in die Problematik einer argumentativen Pattsituation hinein manövrieren zu lassen, kann man für eine rechtfertigende Kasuistik jedenfalls auf eine Reihe von plausibel erscheinenden Vorrangkriterien zurückgreifen, wie sie die traditionelle normative Ethik in ihrer Vielschichtigkeit entwickelt hat. Die Frage, wie weit sich damit dilemmatisch erscheinende Konflikte auflösen lassen, wird Thema der nachfolgenden „Diskussion" sein.

Auch der einflussreiche britische Moralphilosoph R. *Hare*, welcher mit seinem Konzept des *universellen Präskriptivismus* zwischen Utilitarismus und deontologischer Pflichten-Ethik vermitteln will, hat sich mit dieser Fragestellung beschäftigt. Wagen wir daher einen kurzen Blick auf seine Zwei-Ebenen-Theorie moralischen Denkens. Wir gehen dazu einen Schritt zurück und stellen uns noch einmal die Frage, wo ein Auftreten von moralischen Dilemmata unmittelbar zu erwarten wäre. Wir haben gesehen, auch nach Hegel kommt die Alltagsmoral mit ihren bereits eingeübten Rangordnungen in der *normalen* Lebenswelt durchaus zurecht. Erst die (sophistische) Nötigung zur Selbstrechtfertigung bringt sie in Verlegenheit. Der Moralphilosoph R. Hare bezieht sich darüber hinaus auf vorstellbare Situationen, die er als „außergewöhnlich" bezeichnet. Er räumt ein, es gebe in diesen Situationen gar wohl ernsthafte moralische Entscheidungsdilemmata. Und solche moralischen Konflikte „können lähmend sein". Das gilt aber nach Hare nur für die sogenannte *intuitive Ebene*. Denn der „Ein-Ebenen-Ansatz des intuitiven Denkens kann keine Konflikte zwischen Intuitionen auflösen, die aus erlernten Prima-facie-Prinzipien resultieren".[9]

---

9 R. Hare, Moralisches Denken: seine Ebenen, seine Methode, sein Witz; Suhrkamp, 1992, S. 17ff.

Diese sehr allgemeinen Handlungsregeln, welche nach Hare aus Gründen der einfacheren Erlernbarkeit und Handhabbarkeit ohne umfangreiche Ausnahmebestimmungen tradiert und eingeübt werden müssen, erheben für den pflichtbewussten Menschen unmittelbar den Anspruch, als solche, d. i. ohne weitere Begründung evident und ohne Ausnahme gültig zu sein. Kommen sie in Ausnahmesituationen in Konflikt, ist das moralische Bewusstsein nicht fähig, sie nach *Kriterium* zu ordnen und zu systematisieren (siehe Hegel). Zur Unmöglichkeit, gleichzeitig mehrere unterschiedliche, ja gegensätzliche Handlungen zu realisieren, kommt im Sinne von Hare das Unvermögen hinzu, sich mit Hilfe des zitierten Ratschlages „[...] ist eine davon nicht deine Pflicht!" einer vernünftigen Lösung anzunähern. Denn mit der unkritischen Berufung auf Intuitionen hat man sich schon festgelegt und ist daher gar nicht in der Lage, aufgrund eines eigenständigen Abwägungsurteils zu entscheiden, ob gute Gründe für Vorrangigkeit oder Gleichrangigkeit vorliegen. Somit ist den intuitiv Handelnden ein schlechtes Gewissen sicher. Solche persönlichen Dilemmata lassen sich in die weiter oben als „subjektiv" bezeichnete Kategorie einordnen.

Aber da existiert ja für Hare noch die zweite, die *kritische Ebene* des moralischen Denkens. Damit man drohenden Dilemmata entkommen kann, sollte sich der Mensch rechtzeitig im regelprüfenden Denken üben. Erst auf dieser Stufe wird explizit nach „zureichenden" Gründen und einschränkenden Geltungsbedingungen gefragt. Was ist hier auf der Ebene aufgeklärten „kritischen Denkens" unter Begründung zu verstehen? Gemeint ist speziell bei Hare der Test der Universalisierbarkeit individueller Präferenzen, gemeint ist im traditionellen Sinn überhaupt die Suche nach logisch *übergeordneten* universellen Normenprinzipien, die als Urteilsprämissen und Kriterien für eine Systematik bzw. für eine Rangordnung von spezifischen Normen zur Verfügung stünden. Damit wäre nachweisbar eine von zwei kollidierenden Normen nur unter bestimmten, derzeit aber nicht vorliegenden Umständen meine Pflicht. Mit anderen Worten, es ließe sich zeigen, dass sie hier und jetzt Nachrang hätte.

Die Möglichkeit und Problematik einer nachweislichen Gleichrangigkeit von konträren Pflichtgründen werden in „*Moralisches Denken*" nicht behandelt. Das ist auch nicht überraschend, denn Moralkonzepte, die sich dem Utilitarismus annähern, orientieren sich im kritischen Denken maßgeblich an den besseren Handlungsfolgen. Auf dieser Ebene, wo auch entfernteste Nebenfolgen ins Gewicht fallen, hat die Fiktion eines beweisbaren Folgengleichstandes wenig Sinn. Unlösbare moralische Konflikte existieren für Hare immerhin auf der *intuitiven Ebene*.

I. Kants Idee von der menschlichen Würde als Moralprinzip und A. Schopenhauers Deutung der „Goldenen Regel"; Traditionelle Kriterien

Hier ist auch der Ort für einige grundsätzliche Anmerkungen, ohne dabei auf Hare Bezug zu nehmen. Wenn man innerhalb der Ethik in kritischer Distanz zum eigenen intuitiven Denken vor der Frage steht „Nach welchen übergeordneten Kriterien soll ich nun entscheiden?", dann aber weiter fragt nach der Legitimität dieser Kriterien, nach deren Prinzip, darf ein derartiges Begründungverfahren bekanntlich nicht in einen unendlichen Regress führen. Dem „obersten" Moralprinzip muss daher unmittelbare Evidenz zukommen. Das ist aber nur einsichtig zu machen, wenn seine Verneinung in einen Selbstwiderspruch führen würde. Der Nachweis, dass diese Form einer Moralbegründung möglich ist, kann an dieser Stelle nicht geführt werden.[10] Doch darf man davon ausgehen, dass die für unsere Problemstellung relevante moralische Richtschnur in Kants Idee der *Gleichheit der Würde jedes Menschen als „Zweck an sich"*, d. i. als Wesen von Selbstbestimmung, zu finden sein wird. Diese normrelevante Grundbestimmung kann, trotz diverser Vermittlungs- und Auslegungsunterschiede, als allgemein anerkannt gelten. Ob und wie sich daraus eine vollständige und „anwendbare" Systematik von spezifischen Pflichten und Rechten entwickeln lässt, ist umstritten. Dies trotzdem leisten zu wollen, ließe sich in einer pluralistischen und sich ständig verändernden Lebenswelt, verbunden mit der

---

10 Vgl. dazu auch: A. Elsigan, Der Begriff der Moral und die Frage nach der praktischen Notwendigkeit sowie der philosophischen Möglichkeit einer Letztbegründung moralischer Normen; in: Wr.Jb.f.Phil. Jg. 1991, insbes. S. 146-154.

Schwierigkeit, diese angemessen zu interpretieren und technisch zu „beherrschen", sowieso nur als eine niemals abschließbare Aufgabe beschreiben. Es ist aber durchaus möglich, dass die situationsbezogene „Anwendung" dieses populären Moralgrundsatzes schon bei unserer Dilemmata-Frage an ihre Grenzen stößt.

Es könnte sogleich die Frage auftauchen, ob nicht sowieso die althergebrachte *„Goldene Regel"* (GR) ausreicht, um ein brauchbares und legitimes Anwendungsschema für das vorgeschlagene Moralprinzip bereitzustellen. Nicht selten begegnet man dieser Auffassung. Es soll aber an dieser Stelle nicht weiter erörtert werden, ob sich die nachfolgend genannten Kriterien auf die Goldene Regel zurückführen bzw. durch sie bestätigen lassen, und ob diese überhaupt als selbstständiges Pflichtenkriterium bestehen kann.[11] Kant äußerte sich bekanntlich skeptisch dazu. Schopenhauer ortet bei der allzeit und allseits beliebten Goldenen Regel (ebenso bei Kants Prinzip der Maximen-Verallgemeinerung) nur eine Verkleidung für das wahre Moralprinzip, das sich für ihn als Doppel-Imperativ *Neminem laede, imo omnes, quantum potes, iuva!* darstellen lässt.[12] Die gerade erwähnte Zweck-an-sich Formel Kants[13] findet darin, was die Pflichten gegenüber den Mitmenschen betrifft, in den wesentlichen Punkten eine weithin anerkannte Konkretisierung. Diese Formulierung weist schon auf eine Rangordnung hin, die für die weiteren Überlegungen wichtig sein wird.

Fragt man nach Rangordnungsregeln, so findet man in der traditionellen normativen Ethik für den Kollisionsfall zumindest fol-

---

11 Weiterführende Hinweise siehe unten S.82f.
12 A. Schopenhauer, Über die Grundlage der Moral; in: Kleinere Schriften, hg. v. W.Löhneysen; 1986, S. 686f., übers. „Verletze niemanden, vielmehr hilf allen, soviel du kannst!"
13 „Handle so, dass du die Menschheit, sowohl in deiner Person als in der Person eines anderen jederzeit zugleich als Zweck, niemals bloß als Mittel brauchst." I. Kant; a.a.O. S.61.

gende bedenkenswerte Vorrangkriterien: Kurz zusammengefasst (siehe auch S. 58) sind das *erstens* die Regel, dass bei Kollision von mehreren Pflichten der Nothilfe oder der Schadensvermeidung das jeweils *kleinere Übel* anzustreben ist; *zweitens,* dass bei Kollision von Unterlassungspflichten mit Handlungspflichten in aller Regel die *Unterlassung* vorrangig Pflicht ist; *drittens,* dass eine gezielte Schädigung als *Mittel* zu einem anderweitigen (guten) Zweck schwerer wiegt, d. h. eher abzulehnen ist, als eine ähnliche Schädigung bloß ungern als Nebenfolge *in Kauf* zu nehmen.

Hat man gute Gründe, sich ohne Weiteres auf eines dieser Kriterien zu beschränken, ist im Kollisionsfall die Entscheidung relativ unproblematisch, auch wenn noch Unsicherheiten bezüglich der empirischen Verfasstheit der Situation existieren und man unter Umständen psychisch belastet sein wird angesichts des Schicksals jener Menschen, die bei der jeweiligen Entscheidung mit ihren an sich berechtigten Ansprüchen und Bedürfnissen keine Berücksichtigung finden. Man kann hier auch von einem „emotionalen Dilemma" sprechen, obwohl der Entscheidungskonflikt als gelöst gelten kann. Verwirrend wird es allerdings dann, wenn bei der moralischen Urteilsbildung situationsbedingt mehrere Kriterien gleichzeitig zur Debatte stehen und deren Verhältnis ungeklärt ist. Unser Fallbeispiel (Trolley) bewegt sich auf dieser Ebene.

P. Foot: Trolley mit Bremsversagen; J. Thomson: Dicker-Mann-auf-der-Brücke; Konträre Umfrageergebnisse; Neurowissenschaft; Deontologische und konsequentialistische Kasuistik

Die folgende Diskussion wird sich daher mit solchen moralphilosophischen Gedankenexperimenten beschäftigen, wo es um die erwähnten schwerwiegenden Entscheidungen geht. Im Zentrum unserer Überlegungen soll dieses vieldiskutierte Trolley-Problem stehen. Als zum Trolley-Problem und zu seiner Variation „*Dicker-Mann-auf-der-Brücke*" international umfangreiche Online-Befragungen durchgeführt wurden, zeigte sich überraschend eine breite Bereitschaft für eine konträre Beurteilung dieser beiden Fälle. Das ethische Problem in der Trolley-Fallstudie, ursprünglich konstruiert und diskutiert von Philippa Foot, ergibt sich in folgender Situation:

Ein Trolley (schwere Gütertransportlok) mit Bremsversagen rast mit großer Wucht bergabwärts auf eine Weiche zu, an der sich der Schienenstrang nach zwei Richtungen aufteilt. Auf dem Hauptgeleise befinden sich fünf Arbeiter, auf dem Nebengleise einer. Jeder Arbeiter auf dem Geleise, das der Lokführer ansteuert, wird getötet werden. Die Frage ist, soll der Fahrer die Weiche auf das Nebengeleise umstellen? [14]

---

14 Siehe dazu P. Foot, Das Abtreibungsproblem und die Doktrin der Doppelwirkung, 1967, in: Um Leben und Tod, S. 200f, hg. v. A. Leist, Suhrk. 2016; Die in europäischen Rechtskreisen diskutierte Variante „Weichensteller-Fall" ist älteren Datums und stammt von Hans Welzel (1951).

Aus Gründen, die zu analysieren sind, entscheidet sich Foot letzten Endes für das Umstellen. Judith Thomson[15], durch die das Trolley-Problem besonders populär wurde, fügt einige Kontrastvarianten hinzu: Das Lokführer-Beispiel wird ergänzt durch die *Weichensteller-Variante* und kontrastiert mit dem Fall „*Dicker Mann auf der Brücke*" (Footbridge-Dilemma). Hier gibt es keine Weiche, die vom Lokführer oder von einem außenstehenden Weichensteller umgestellt werden könnte, wohl aber einen gewichtigen Mann auf einer Brücke. Man könnte ihn hinabstoßen mit der Folge, dass sein Körper das Fahrzeug zum Stillstand brächte. Der Mann würde getötet, aber die fünf Arbeiter könnten dadurch gerettet werden. Darf man das tun? Die Umfragen großen Stils, welche mehrfach und sogar auf verschiedenen Kontinenten und in unterschiedlichen Kulturbereichen durchgeführt wurden, ergaben ein ziemlich einheitliches Ergebnis: Eine sehr große Mehrheit (85-90 %) entschied beim ersten Beispiel *für* das Umlenken, beim zweiten Beispiel in etwa derselbe Prozentsatz *gegen* die Opferung des dicken Mannes, verbunden mit der Konsequenz, dass hier die fünf Arbeiter auf dem Hauptgeleise getötet werden[16].

Die ethische Frage nach der zureichenden Begründung der einzelnen Stellungnahmen erfordert zugleich eine Klärung der weiteren Frage, ob und wie die unterschiedliche Fallbeurteilung durch das genannte Mehrheitsvotum auf ein einigermaßen einheitliches Moralverständnis zurückgeführt werden kann. Anderenfalls besteht der dringende Verdacht, dass hier grobe Inkon-

---

15 J. Thomson, Killing, Letting Die, and the Trolley Problem; 1976.
16 Das Trolley-Problem hat vor allem im angelsächsischen Raum in philosophischen Fachkreisen, aber auch in der breiten Öffentlichkeit großes Interesse gefunden und eine intensive, bis in die Gegenwart reichende Diskussion (Stichwort Trolleyology) hervorgerufen. So sind zu diesem Thema zwei viel beachtete Bücher erschienen: Thomas Cathcart, The Trolley Problem, or Would You Throw the Fat Guy Off the Bridge? (2013), und David Edmonds, Would You Kill the Fat Man? The Trolley Problem and What Your Answer Tells Us about Right and Wrong, Princeton University Press (2013).

sequenz oder ein heilloses und willkürliches Schwanken zwischen unreflektierten Moralkonzepten vorliegt. Auch die Befürworter der Lösung „Umlenken" stehen mit ihrer intuitiven Beurteilung vor der Schwierigkeit, diesen Verdacht zu entkräften. Und eine Reihe von Moralphilosophen müht sich seither damit ab, den Nachweis zu liefern, dass die Unterschiede in den beiden Handlungssituationen durchaus eine unterschiedliche Entscheidung rechtfertigen.

Es kann nun versucht werden, zu rekonstruieren, was spontan oder bewusst überlegt, den Ausschlag für die konträre Beurteilung gegeben haben konnte. Da, den Berichten zufolge, bei der Umfrage nicht nach den Gründen gefragt wurde bzw. solche nicht mitgeliefert wurden, kann man nur vermuten, dass beim *ersten* Beispiel (Lokführer und Weichensteller) wegen des Umstandes, dass (a) die lebensbedrohliche Schädigung der einen Person nur „in Kauf" genommen wird und (b) dadurch eine „Rettung vieler" möglich ist, *gegen* das gewohnte Prinzip „Nichtschädigen geht vor Helfen" entschieden wurde. Daraus wäre der Schluss zu ziehen: Rettung einer Mehrzahl von Gefährdeten um den Preis der Tötung von Wenigen (hier: des Einzelnen) soll unter bestimmten Bedingungen, beispielsweise als *Nebenwirkung*, moralisch erlaubt sein: Vorrangregel I. Natürlich kommt eine utilitaristische Denkweise, die sich unmittelbar auf die Rettung der Mehrheit beruft, zum selben Ergebnis. Beim *zweiten* Fallbeispiel „Dicker Mann auf der Brücke" stand dagegen offensichtlich das Verbot der „Schädigung als Mittel zum Zweck" an vorderster Stelle. Das würde heißen, es gibt in der Alltagsmoral zugleich einen breiten Konsens: „Rettung einer Mehrzahl" um den Preis der direkten Tötung des Einzelnen als „Mittel zum Zweck" ist moralisch nicht erlaubt: Vorrangregel II. Kritisch hinterfragt werden sich die herrschenden Moralvorstellungen auf ihre gewohnten Intuitionen berufen und keine klare Antwort geben, warum die Differenz von *direkt* (Schädigung als Mittel zum Zweck) und *indirekt* intendiert (Schädigung als Nebenwirkung) eine Rangordnung möglicher Handlungen begründen sollte. Dennoch scheint es möglich, dass eben dieser Unterschied bei der Umfrage zu den beiden Fallbeispielen ausschlaggebend war: Es ist das traditionelle „*Prinzip der Doppelwirkung*" (PdDW), das den Grund liefern kann für das überwiegende Mehrheitsvotum, hier sei Rettung erlaubt, aber dort sei Rettung verboten. Damit wäre die Chance einer Vorrang-Nachrang-Beurteilung von *Pflichten und Rechten* gegeben. Und eine Begründung auf dieser Basis ist durchaus üblich und weit verbreitet. Dieses Prinzip wird zwar im alltäglichen Pflichtbewusstsein nicht immer im Detail reflektiert, aber doch „angewandt" und für Rechtfertigungen herangezogen. Das wird im Folgenden noch zu diskutieren sein.

Inzwischen haben sich auch die Hirnforschung und speziell die *Neurowissenschaft* mit dem überraschenden Umfrageergebnis zum Trolley-Problem beschäftigt. Von dieser Seite wird u. a. vermutet, es könnten, abseits von Fragen der moralischen Rationalität und der systematischen Kohärenz der Antworten, evolutionäre Ursachen dafür ausschlaggebend sein, dass der Mensch in der *Nahbeziehung*, von Angesicht zu Angesicht (Beispiel „Dicker Mann auf der Brücke"), einen übermächtigen instinktiven Widerwillen entwickelt, einen anderen Menschen zu töten.[17] Das sei, so meinen diese Interpreten, bei der Fernbeziehung im Bei-

---

17 Darüber berichtet auch David Edmonds (2013). Ein Online-Rezensent (Glenn Altchuler, 2014) fasst diese Hinweise zusammen: „A likely explanation is that feelings often trump reason. According to several studies, we are more likely to be generous toward others if we are outside a bakery, smelling fresh bread, or have just found a dime in a phone booth. Presented with the Fat Man dilemma (described these days, Edmonds notes, as a ‚heavy‘ man, or better still, as a man with a heavy backpack), and the option of killing someone with your bare hands, parts of the brain associated with compassion go into overdrive, psychologists now believe, especially if the intended victim is someone you know or whose facial characteristics you can ‚see‘. This ‚moral intuition‘, born perhaps in an environment of evolutionary adaption to interactions with other human beings (on whom our ancestors depended for survival), they argue, keeps us from defaulting to a utilitarian calculus…Edmonds concludes, the trolley industry is ‚in robust health‘. It continues to help us comprehend our reactions, rational and emotional, to complex, richly imaginative, and yet also ‚real‘ scenarios, and get a better handle on the nature of morality… "

spiel „Umlenken" nicht der Fall. Unsere zentrale Frage zielt aber nicht darauf ab, welche sozialen Antriebe oder Instinkte wachgerufen werden, sondern ob ein darauf gegründetes Handeln mit Verweis auf moralische Grundsätze argumentativ gerechtfertigt werden kann.

Der inzwischen vielzitierte Neurowissenschaftler Joshua *Greene* vertritt derzeit mit Rückbezug auf das Trolley-Problem eine durchaus fragwürdige *Dual-Process-Theory* moralischen Urteilens: Das Umfrageergebnis zur Lokführer-Variante repräsentiert für Greene kontrolliertes utilitaristisches Denken. Das Ergebnis zur Dicker-Mann-Variante dagegen deontologische Moralurteile, die aber, kognitiv nicht kontrollierbar, ihre messbare Basis in der situationsbedingten Aktivierung automatischer emotioneller Gehirnprozesse hätten. Ohne Zweifel ist dieser Theorieansatz nicht geeignet, die deontologische Ethiktradition im Anschluss an Kants Moralphilosophie angemessen zu interpretieren. Der Umstand, dass, nach der Einschätzung von Greene, im gegebenen Falle („Dicker-Mann"-Befragung) emotionale Regung und deontologisches Pflichtverständnis faktisch in dieselbe Verhaltensrichtung weisen, sollte nicht dazu verleiten, beide Bereiche in eine *quasi-kausale* Beziehung zu bringen oder in eins zusammenfallen zu lassen.[18]

---

18 Auf seiner Homepage referiert Greene einige Kerngedanken seines neuesten Buches. Dort kann man lesen: „More specifically, I have proposed a dual-process theory of moral judgment according to which characteristically deontological moral judgments (judgments associated with concerns for ‚rights' and 'duties') are driven by automatic emotional responses, while characteristically utilitarian or consequentialist moral judgments (judgments aimed at promoting the ‚greater good') are driven by more controlled cognitive processes. If I'm right, the tension between deontological and consequentialist moral philosophies reflects an underlying tension between dissociable systems in the brain." Sieh dazu: J. Greene, Moral Tribes, Emotions, Reason, and the Gap between us and them; Penguin Press (2013).

Das Trolley-Problem, so wie es in philosophischen Instituten, in Printmedien und sogar in hohen Militärschulen der USA bis in die Gegenwart heftig diskutiert wird (Stichwort *Trolleyology*), hat vor allem diese konträren Umfrageergebnisse zum Gegenstand. Auch hier geht es um die unterschiedliche Bewertung der beiden Fallbeispiele von Foot und Thomson und um Spekulationen über die möglichen persönlichen Gründe für die gegensätzlichen Voten.

Ich möchte mich allerdings bei meinen Überlegungen im Großen und Ganzen auf die beiden von Foot thematisierten Varianten beschränken: das ursprüngliche Lokführer-Beispiel (1967) und das von ihr später (1984) besprochene Weichensteller-Beispiel. Erstens, weil es nützlich sein kann, die grundsätzliche Frage nach der Möglichkeit echter Dilemmata auf einen bestimmten Fall von gegensätzlichen Verpflichtungen einzuengen und nicht weiter zu verkomplizieren. Zweitens, weil gerade bei der Lokführer-Variante die Unausweichlichkeit des Entscheiden-Müssens die Dilemma-Situation in besonderer Weise verschärft und zuspitzt. Drittens ist zu beachten, dass in deutschen Juristenkreisen *zumindest* schon seit 1951 der sogenannte *Weichensteller-Fall*[19] in analoger Weise diskutiert wird, wobei er ähnliche Fragen aufwirft wie das Weichensteller-Beispiel von P. Foot und J. Thomson. Diese annähernd identisch konstruierten Fallbeispiele wurden ursprünglich unabhängig voneinander problematisiert, obwohl sie sich auf interessante Art und Weise systematisch ergänzen. Ob die beiden Autorinnen von dieser juristischen Kasuistik Kenntnis hatten, kann an dieser Stelle nicht geklärt werden. Jedenfalls erscheint es zweckmäßig, das moralphilosophische Trolley-Problem auch unter dem Blickwinkel der einschlägigen Kommentare zur geltenden deutsch-österreichischen Rechtsordnung zu analysieren.

---

19 Weichensteller-Fall, in: Hans Welzel, ZsTW 63; 1951, S. 47 u. 51; Siehe die nähere Darstellung weiter unten Anm. 74.

Beide großen Ethiktraditionen, die *deontologische* Rechte-Pflichten-Ethik wie auch die *konsequentialistische* Ethik interpretieren und rechtfertigen die Intuitionen der Alltagsmoral mit unterschiedlicher Schwerpunktsetzung: Für die eine (akteur-relative) Position sind natürlich außer moralischen Handlungsregeln *auch* die entfernteren Handlungsfolgen zu berücksichtigen. Hier gilt aber: Man ist primär nur für die Folgen *eigenen* Handelns verantwortlich. Für die andere (akteur-neutrale) Position sind allgemeine Regeln *auch* relevant, aber vonseiten der kritischen Betrachtungsweise nur gerechtfertigt innerhalb folgenorientierter Abwägungen. Hier gilt: Man ist im gleichen Maße für die Folgen des eigenen (aktiven) Handelns wie für die Folgen des (passiven) Geschehenlassens moralisch verantwortlich. Deshalb kann es erst recht, wo es um Leben und Tod geht, auch im Rahmen der deontologischen Pflichtenethik strittig werden, ob und wie weit man bei Vorliegen von bestimmter Handlungsqualität zusätzlich die *Quantität* der Folgen berücksichtigen muss. Wobei, was die Qualität betrifft, die Klärung der Frage wichtig ist, ob man es mit „schuldigen" Pflichten der Gerechtigkeit oder bloß mit „verdienstlichen" Pflichten des Wohlwollens und der Wohltätigkeit zu tun hat. Diese mögliche Unklarheit wird verstärkt, wenn nicht eindeutig ist, ob in der einen oder anderen Richtung ein aktives *Handeln*, ein *Unterlassen*, oder ein *Handeln durch Unterlassen* gegeben ist. Ein Dauerproblem moralischer Begründung von Handlungen besteht also darin, dass die Alltagsmoral und die Ethik aus einer Mehrzahl von populären Kriterien zu wählen und zu gewichten haben. Das Prinzip der Doppelwirkung zählt dazu.

Es ist daher sinnvoll, dass sich beispielsweise die *Pflichten-*Ethik (im Anschluss an Kants Ethik), um ihre Schlüssigkeit und ihre Konsequenzen zu testen, unter anderem Fragen stellen lässt wie: „Kann es gelingen, plausible Argumente zur Lösung des Trolley-Beispiels und ähnlicher fiktiver Problemstellungen ausfindig zu machen?" Derartige Gedankenexperimente bieten sich an, weil hierbei etwaige Fehler oder Unsicherheiten in der empirischen Einschätzung von zu prüfenden Handlungssituationen methodisch ausgeklammert werden können. Andererseits besteht aber die Gefahr, dass bei Verwendung von solchen Gedankenexperimenten die Frage, ob es echte moralische Dilemmata „gibt", in die Irre führt. Von daher kommen ernst gemeinte Einwände, welche die Beschäftigung mit diesen wohldefinierten Problemstellungen als unnötige *Fiktionen* abtun und in ihrer tragischen Zuspitzung als indiskutabel zurückweisen: Es handle sich rundherum nur um konstruierte Konflikte, die in der Realität nicht wirklich vorkämen. Daher seien es Scheinprobleme, mit denen man sich nicht zu beschäftigen brauche. Und sollten sie tatsächlich in der Wirklichkeit auftreten, dann könnte man sie nicht als solche identifizieren. Denn in der Realität gäbe es auch immer überraschende Entwicklungen und Auswege. Die befürchteten Folgen, die ein Entscheidungsdilemma provozieren, könnten niemals mit Sicherheit prognostiziert werden. Wäre es zum Beispiel nicht eher wahrscheinlich, dass der Arbeiter auf dem Nebengeleise das Herannahen des Zuges rechtzeitig genug bemerkt, so dass er sich in Sicherheit bringen kann? Würde ihm dies als Einzelner nicht schneller gelingen als der Gruppe auf dem Hauptgeleise? Und wollte man einräumen, es könnte solche aussichtslosen Konfliktsituationen hie und da doch in der Realität geben, und es wäre möglich, sie als solche zu *identifizieren*, dann hätte man bei der Dramatik solcher Situationen sowieso keine Zeit zum Überlegen und müsste spontan und intuitiv handeln. Also, wozu das Ganze! Wir werden sehen, dass Hare zur Ehrenrettung seiner utilitaristischen Position Argumente dieser Art verwendet. Hier lässt sich antworten: Das alles sei zugestanden! Und hoffentlich müssen wir nie in Wirklichkeit über Leben und Tod von Mitmenschen entscheiden. Bei diesen Überlegungen geht es bewusst, und zum Glück, nur um *Kasuistik*, um Urteilsübungen im Bereich der angewandten Ethik. Zusätzlich ist es aber nicht unvernünftig, für den möglichen Fall des Falles ein wohldurchdachtes Urteil bei der Hand zu haben, vielleicht auch mit Blick auf die Frage: „Wie hätte man entscheiden sollen, wenn zum Überlegen genügend Zeit vorhanden gewesen wäre?" Oder vorbeugend: „Wie sollte man in diesen oder jenen Situationen handeln, wo man unter Umständen keine Zeit mehr hat für eine ruhige Abwägung von Pro und Kontra?" Dass man bestimmte positiv oder negativ zu bewertende Umstände und Folgen des eigenen Handelns nicht mit letzter Sicherheit erkennen oder voraussagen kann, ist auch eine Binsenweisheit. Die meisten Handlungsentscheidungen orientieren sich sowieso in der Regel anhand von mehr oder weniger riskanten Voraussagen.

Wir haben es also zu tun mit Untersuchungen zur Frage, welche moralische Entscheidung vernünftig ist, *wenn* eine Situation mit den Merkmalen xy vorliegt. *Wann* sie vorliegt und *ob* sie überhaupt jemals vorliegt, steht vorläufig nicht zur Debatte.

Wir steigen in die Diskussion ein

Moralische Gefühle oder kategorischer Gültigkeitsanspruch; Moral und Ethik; Normenkohärenz statt Normenbegründung? Rollentausch; Unrecht und „entschuldigender Notstand"

Skeptiker

Wenn ich die laufende Diskussion beobachte, sehe ich in der philosophischen Ethik nur kontroverse Argumentationen und Antworten zu einer Reihe von realen oder konstruierten moralischen Konfliktsituationen, die mich nicht klüger machen, sondern in tiefe Ratlosigkeit stürzen. Daher bin ich pessimistisch, ob es der aufgeklärten Alltagsmoral gelingen kann, mit Hilfe der philosophischen Ethik auf allgemeinverbindliche und praktikable moralische Grundsätze zurückzugreifen. Was ich dagegen sehe, sind offene oder verdeckte Widersprüchlichkeiten anstelle von allgemein einsehbaren Urteilen pro oder kontra. Der häufige Dissens in moralischen Fragen zeigt doch, dass man mit einer schlüssigen Kasuistik rasch am Ende ist. Daher existieren für mich echte moralische Dilemmata, wobei ich davon ausgehe, dass man bei moralischen Meinungsverschiedenheiten, damit sie einer Argumentation zugänglich sind, einen kategorischen Gültigkeitsanspruch unterstellen muss (ethischer Kognitivismus). Ich konstatiere aber, dass unsere Moralvorstellungen zwischen unterschiedlichen Kriterien hin- und hergerissen werden, und dass ich nicht weiß, ob hier eine unaufhebbare oder eine bloß vordergründige wechselweise Relativierung vorliegt. Manche Moralphilosophen vertreten daher die Ansicht, wir urteilen sowieso nur von bestimmten Gefühlsdispositionen her, die von Person zu Person unterschiedlich ausgeprägt und daher in bestimmten Fällen unverträglich sind (Variante des Nonkognitivismus). Sie wären zwar konträr, würden sich aber nicht im eigentlichen Sinn widersprechen, da sie nicht den Anspruch stellten, wahr oder falsch zu sein. Nehmen wir probeweise an, man kann Moral auf altruistische Gefühle reduzieren, z. B. auf Sympathie und Mitleid. Und diese durch Charakter und Erziehung individuell geformten Gefühldispositionen würden mit einer Mehrzahl von gleichgearteten Bedrohungsszenarien konfrontiert. Es ergäbe sich – analog zur Situation des berühmten Esels des Buridan, stehend vor zwei gleich großen und gleich weit von ihm entfernten Heubündeln – ein Motivationsstillstand. Man wüsste im Grunde zwar, wozu man motiviert ist, nämlich gleichzeitig nach verschiedenen Richtungen zu handeln, nicht aber, wie das möglich sein könnte. Diese moralisch genannten Gefühlsregungen wären wohl mit gleichem Gewicht ausgestattet, aber doch gegensätzlich und somit ebenfalls eine Grundlage für quälende Konflikte. Sie ließen sich eventuell psychologisch therapieren, aber kaum argumentativ auflösen.

Werden aber mit moralischen Aussagen objektive Geltungsansprüche erhoben, und in der Diskussion zureichende und für jedermann nachvollziehbare Begründungen eingefordert, dann wird meines Erachtens oft genug problematisch bleiben, welche Antwort auf die Frage „Was tun?" im Konfliktfall moralisch richtig oder falsch ist. Ich denke, es wird in Extremsituationen kein vernünftiger Konsens erzielt werden können, welche Alternative vorzuziehen oder nachzusetzen ist. Die Dilemmata, die ich ansprechen will, haben also ihre Grundlage in der Frage: Welche Norm darf ich mit bestem Wissen als höherrangig anerkennen und vorziehen? Sie beziehen sich nicht auf *pragmatische* Notstände, damit nicht auf die Frage, wie und womit kann ich tun, was ich tun soll. Auch nicht auf *psychisch-emotionale* Notstände, daher auch nicht auf das Problem, welche Gemütsbelastung erfahre ich, wenn ich meinem Urteil nach zwar gerecht und richtig handle, aber zugleich unschuldige Menschen einem schlimmen Schicksal überlasse. In all diesen Notständen kommt es zum Erleben menschlichen Scheiterns, was einen sehr weiten Dilemma-Begriff ermöglichen würde. Ich denke aber, für unsere Fragestellung sind vor allem die spezifischen Unterschiede herauszuarbeiten.

Optimist

So sehe ich es auch. Zusätzlich muss man vorsichtig sein, dass man in der Dilemma-Diskussion Fragen der Gültigkeit (Wenn A ist, dann soll B sein) und Fragen der Fälligkeit (A ist, daher soll B sein) von moralischen Urteilen nicht vermischt. Denn wie gesagt, unvorbereitet und unter Zeitdruck lassen sich bereits empirisch die gegebenen Situationen schwer einschätzen. Und allzu oft kommt es bereits deshalb zu Entscheidungs-Notständen. Wir werden uns mit diesbezüglichen Einwänden bei unserer Diskussion zu R. Hare nochmals beschäftigen. Aber darum geht es mir jetzt nicht. Mir geht es, wie dir, um die Frage nach der Schlüssigkeit normativer Aussagen in wohldefinierten Situationen.

Vielleicht ist es hier auch angebracht, auf das Verhältnis von Moral und Ethik hinzuweisen. Wir sind gewöhnlich moralisch, wenn wir mit gutem Gewissen handeln und damit, von bereits akzeptierten Normen ausgehend, Entscheidungen treffen. Wir wissen aber auch, wir sind dabei nicht jederzeit selbstkritische Moralsubjekte, d. i. solche, welche die vorausgesetzte Verbindlichkeit anerkannter Moralvorstellungen auf ihre systematische Einordnung und auf ihre Begründbarkeit hinterfragen. Der gängige Sprachgebrauch unterscheidet daher gelebte Alltagsmoral und Ethik. Moral definiert das Insgesamt moralischer Einstellungen („Gewissen" als Gegebenheit), von denen her man urteilt, was man in bestimmten Situationen tun oder unterlassen soll. Ethik als philosophische Disziplin meint dagegen die kritische Reflexion auf Moral. Hier wird unter anderem die Frage untersucht, ob es sich bei der Alltagsmoral um natürlich erworbene Gefühlsdispositionen (Emotivismus), oder um freie Grund-Entscheidungen für den Plan des eigenen „guten Lebens" (Dezisionismus) handelt. Oder ob man es darüber hinaus mit tradierten Überzeugungen zu tun hat, was in bestimmten Situationen als Pflicht unbedingt anzustreben richtig und gut sei (Wahrheitsanspruch). Trifft

Letzteres zu, von dem ich ausgehe, stellt sich die weitere Frage, ob und wie moralische Überzeugungen und Entscheidungen widerspruchsfrei und plausibel als anerkennenswert gelten können (normative Ethik). Oder, wie in unserem Fall, ob bei bestimmten Konfliktsituationen diese Frage belastend ungelöst bleibt (Dilemma-Frage).

Der Dilemma-Verdacht in prekären Situationen hat seinen Grund eben auch darin, dass die gelebte Moral, sofern sie auf der Pluralität von einfachen Pflichtvorstellungen aufbaut, nicht verhindern kann, dass diese hier und da in Konkurrenz treten, ohne explizit auf eine Rangordnung zurückgreifen zu können. Trotzdem sollte eine normative Ethik ein plausibles und allgemeinverbindliches System von widerspruchsfreien Verpflichtungen auch für den alltäglichen Konfliktfall als Lösung anbieten können. Urteilt man ausgehend von einem grundlegenden und eindeutig formulierten Moralprinzip, und sind dessen Konkretisierungsbedingungen hinreichend geklärt, dürfte es für einen klar definierten Fall letztlich keine unlösbaren normativen Probleme geben. Ich weiß wohl, hinter dieser Annahme steckt die nicht von allen Ethikern geteilte These von der *Selbstevidenz* oder der Letztbegründungsmöglichkeit eines richtungsgebenden Moralgrundsatzes. Zwar rufen moderne Ethiker gerne zu mehr Bescheidenheit auf und plädieren dafür, offene Begründungsfragen und moralische Dilemmata durch Herstellen eines sogenannten „Überlegungsgleichgewichtes" zu lösen. Statt sich weiterhin um die Plausibilität eines Moralgrundsatzes zu bemühen, wird in diesem Fall nur angestrebt, *Verträglichkeit* („Kohärenz") innerhalb der moralischen Einzelurteile herzustellen. Da aber unsere faktischen Moralvorstellungen teils Regeln der Fairness und Gerechtigkeit, teils utilitaristische Überlegungen beinhalten, sind allerdings ganz unterschiedliche Interpretationen und Kohärenzlösungen denkbar.[20] Damit werden aber, unvereinbar mit der

---

20 Siehe z. B. dazu Thomas Zoglauer: Die Methode des Überlegungsgleichgewichtes in der moralischen Urteilsbildung; in: Die Zukunft

These vom kategorischen Geltungspruch moralischer Überzeugungen, dem ethischen Relativismus Tür und Tor geöffnet: Moralgrundsätze, als Bezugspunkte moralischer Einzelurteile, erweisen sich dann von vorneherein als nicht wahrheitsfähig, und daher als kontingent und auswechselbar. Kohärenz kann aber nur eine notwendige, jedoch keine hinreichende Bedingung für einen Lösungsversuch darstellen, der diesem Anspruch auf intersubjektive Gültigkeit Rechnung tragen will.

Du hast natürlich recht, eine gewisse dilemmatische Tragik von moralischen Konflikten mag sich auch durch eine verständliche Mitleidshaltung ergeben, die moralische Entscheidungen häufig begleitet: Wenn man anderen, die einem nichts angetan haben, ungewollt durch eigenes Handeln zum *Schicksal* wird, ist man zumindest Verursacher von *Unglück*. Wenn schon nicht in normativer, so doch in kausaler Bedeutung ist man in solchen Konfliktfällen auf jeden Fall „schuld". Das Schuldbewusstsein würde sich dann abgeschwächt bemerkbar machen in einem emotionalen „Es tut mir sehr leid!". Jedoch, es handelte sich dabei nicht um echte Reue oder schlechtes Gewissen, gegen einen

---

des Wissens, 18. Deutscher Kongress für Philosophie, 1999, S. 977-984. Zoglauer räumt ein: „Nach dieser Methode werden Normen nicht auf andere Normen zurückgeführt oder letztbegründet, sondern lediglich auf ihre Kohärenz innerhalb des Normensystems überprüft. Steht eine Regel oder ein Prinzip im Widerspruch zu unseren moralischen Überzeugungen, so wird entweder die Regel modifiziert und unseren Überzeugungen angepasst oder wir halten an den Regeln fest und revidieren stattdessen unsere Urteile. Stehen zwei Normen im Widerspruch, so muss eine Präferenzentscheidung getroffen und einer der beiden Normen der Vorzug gegeben werden." Bei dieser Auffassung wird Moral letztlich zu einer privaten und individuellen Angelegenheit und ein überindividueller Konsens ein glücklicher Zufall. Zoglauers Schlussfolgerung bestätigt diesen problematischen Eindruck: „Das Ergebnis dieser Kohärenzmethode ist nicht unbedingt eindeutig bestimmt. Verschiedene Konfliktlösungen können gleichermaßen kohärent sein." So kann z.B. ein utilitaristisches Normensystem ebenso kohärent sein wie etwa ein pflichtenethischer Ansatz im Sinne von Kant.

fundamentalen Rechtsanspruch verstoßen zu haben. Von moralischen Dilemmata im engeren Sinn könnte hier keine Rede sein.

Auf der anderen Seite wird sich ein überzeugter Vertreter des ethischen Kognitivismus davor hüten, einzugestehen, dass auf der normativen oder auf der pragmatischen Entscheidungsebene zwei konfligierende moralische Regeln *zugleich* gültig, fällig und in Folge verpflichtend sein können. Entscheidet man hier nicht willkürlich oder parteiisch, sondern gelingt es letzten Endes doch im Idealfall, auf der Basis einer allgemein nachvollziehbaren Vorrangregel zu handeln, darf vonseiten des unparteiischen Beobachters, aber auch von Seiten des Bedrohten oder Geschädigten dem Handelnden allem Anschein nach kein „schlechtes Gewissen" gemacht werden. Denn von den gemeinsam geteilten Moralvorstellungen, wenn auch nicht von seinen Interessen her, hat der Betroffene ja selbst, wiederum im Idealfall, schon im Voraus jener Entscheidung zugestimmt, die der Handelnde mit Hilfe dieser gemeinsamen Vorrangregel getroffen hat. Darüber müssen wir noch nachdenken.

Skeptiker

Diese Konsequenz erscheint mir nicht in jedem Fall glaubwürdig. Denn nehmen wir an, der Lokführer und der Weichensteller im Trolley-Szenario kommen zu dem Schluss, sie sollen oder dürfen umlenken. Sie müssten in Folge bereit sein, wegen der Universalisierbarkeit moralischer Aussagen, auch ihrer eigenen Tötung, damit ihrer Opferung zustimmen, wären sie (beim postulierten Rollentausch) in der Lage des vom Umlenken Betroffenen. Sind sie allen Ernstes bereit für die Selbstanwendung ihrer Entscheidung, dann ist es zumindest kein immanenter Widerspruch, wenn sie den oder die Arbeiter im Trolley-Beispiel ebenfalls dieser Regel unterwerfen. Natürlich kann man die beiden Verantwortlichen in der bloß konstruierten Situation nicht befragen. Da der Trolley-Fall eine Fiktion darstellt, wäre es unproblematisch, den potentiellen Weichenstellern diese Konsequenz zuzumuten. Doch P. Foot und die Teilnehmer an der erwähnten Umfrage könnten gar wohl mit dieser Konsequenz konfrontiert werden. Wären sie selbst bereit, das Ergebnis ihrer Fallbeurteilung auf sich zu nehmen? Ich bin skeptisch. Wenn moralisch Urteilende überzeugt sind, den Nachweis geliefert zu haben, dass der Zug umgeleitet werden dürfe oder solle, dann würde auch ihnen, in die Situation des Betroffenen versetzt, subjektiv wie objektiv kein Unrecht geschehen. Und sie dürften weder protestieren noch sich, wenn dies möglich wäre, ohne Selbstwiderspruch zur Wehr setzen. Trotz aller Tragik wäre damit der Entscheidungskonflikt gelöst und das Dilemma überwunden: *Volenti non fit iniuria.*[21] Ich glaube aber, die Betroffenen würden diese Konsequenzen nicht dulden und die Vorrangregel nicht gelten lassen.

Das weitere Problem bei diesem Lösungsansatz bestünde darin, dass auch die Kehrseite, d. i. ein konsequentes Ertragen der Folgen des eigenen (universalisierenden) moralischen Denkens dieses noch nicht wahr und konsensfähig werden lässt. Der moralische Geltungsanspruch impliziert zwar die eventuelle Opferbereitschaft, muss aber unabhängig davon bewahrheitet werden.[22] Ein idealistischer Fanatismus wäre sonst argumentativ nicht angreifbar.[23] Man fragt sich nur, was folgt, wenn letzten

---

21 Römischer Rechtsgrundsatz (Ulpian): „Dem Einwilligenden geschieht kein Unrecht."
22 Anders die Position von R. Hare. Für ihn genügt, dass Urteile, die den Anspruch erheben, moralische zu sein, in einem spezifischen Sinn universalisierbar seien: „Aus der Universalisierbarkeit folgt: Wenn ich sage, dass ich einer bestimmten Person gegenüber etwas Bestimmtes tun sollte, so habe ich mich damit auf die Auffassung festgelegt, dass genau das gleiche auch mir gegenüber getan werden sollte, wenn ich genau in ihrer Lage wäre, die gleichen persönlichen Merkmale hätte und mich insbesondere in den gleichen motivationalen Zuständen befände." In: Moralisches Denken, S. 168.
23 Obwohl Hare immer wieder argumentiert, dass es echte Fanatiker, die den Universalisierbarkeitstest bestünden, kaum geben wird, räumt er doch am Beispiel des überzeugten Nazis ein: „Der Nazi ist

Endes keine rationale Entscheidung und damit auch keine Auflösung des Dilemmas möglich ist, weil es – das sei versuchsweise angenommen – ebenso gute anderweitige Gründe gibt, den Trolley doch nicht umzulenken. Beides zu tun ist aber unmöglich. Stünden wir damit vor dem *Paradoxon*, dass das augenscheinlich Unmögliche doch zutrifft, dass nämlich hier Unrecht zugefügt wird, egal wie man entscheidet und handelt?

Optimist

Wäre hier mit Ja zu antworten, würde man mit jeder der alternativen Handlungsmöglichkeiten wissentlich und zugleich ohne Rechtfertigung eine todbringende Aktion ausführen und somit unvermeidbar Unrecht zufügen. Doch ich weigere mich, damit eine subjektiv *vorwerfbare* Schuld zu verbinden. Vernünftiger erscheint mir jene Verhaltensbewertung, wie sie im positiven Recht als „*entschuldigender Notstand*" verstanden wird (öst. StGB § 10, dt. StGB § 35). Diese positiv-rechtliche Trennung von widerrechtlichem Handeln und Vorwerfbarkeit könnte ein Dilemma Vermeiden darstellen, die auch für die moralische Beurteilung wegweisend sein müsste. Ich sehe deshalb noch keinen Grund, warum es möglich sein sollte, hier überhaupt von echtem „Unrecht" zu sprechen. Denn es heißt im § 10 Abs. 1:

---

jedoch imstande, ein Manöver auszuführen [...] bei dem er trotzdem noch weiterhin beanspruchen kann, am moralischen Spiel mitzumachen; denn er stellt dabei immer noch universell präskriptive Urteile auf. Der einzige Unterschied zwischen ihm und seinem Gegner [d. i. der Amoralist] liegt darin, dass der Nazi an seinen Urteilen auch dann noch festhält, wenn sie mit seinen eigenen Interessen in hypothetischen Fällen in Konflikt geraten (z. B. in dem Fall, wo man sich vorstellt, er würde selbst die Merkmale eines Juden besitzen)." In: Freiheit und Vernunft, Suhrkamp 1983, S. 182.

„Wer eine mit Strafe bedrohte Tat begeht, um einen unmittelbar drohenden Schaden von sich oder einem anderen abzuwenden, ist entschuldigt, wenn der aus der Tat drohende Schaden nicht unverhältnismäßig schwerer wiegt als der Nachteil, den sie abwenden soll, und in der Lage des Täters von einem mit den rechtlich geschützten Werten verbundenen Menschen kein anderes Verhalten zu erwarten war."

Dabei ist die österreichische Regelung sogar noch liberaler als die deutsche, die nur Nothilfe für Nahestehende entschuldigt.

A. Schweitzer: Unausweichlichkeit von Schuld und schlechtem Gewissen; Fall Schiffbrüchige: Willkür statt Fairness

Skeptiker

Ganz kann ich dir nicht zustimmen. Denn, moralisch Unrecht zufügen ohne Vorwerfbarkeit lässt sich schwer denken, positiv-rechtliche Regelwidrigkeit ohne Vorwerfbarkeit schon eher. Ich denke, hier urteilt die Alltagsmoral sogar strenger als die geltende Rechtsordnung. Es kann darüber hinaus mit „Entschuldigung" auch gemeint sein, für ein an sich vorwerfbares Verhalten eines Menschen *Verständnis*, ja sogar Nachsicht aufzubringen, wenn das Eingeforderte das Maß des menschlich Zumutbaren zu übersteigen droht. Auch wenn es nach Sokrates besser sein sollte, Unrecht zu leiden als Unrecht zu tun, wer kann schon die Hand dafür ins Feuer legen, dass er die Charakterstärke aufbringt, sich selbst als moralischen Märtyrer zur Verfügung zu stellen. Man braucht sich nur vorstellen, dem Lokführer bliebe die zusätzliche Alternative, eine Entgleisung zu provozieren, wobei er die Gewissheit hätte, selbst getötet zu werden. Vorwerfbarkeit und Entschuldigung in diesem Sinne müssen nicht notwendig Gegensätze sein. Deshalb bin ich überzeugt: Im Konfliktfall gibt es diese kaum auslöschbaren Schuldgefühle. Sie haben als Hintergrund vielleicht doch eine höhere Legitimität und bedeuten damit mehr als eine voreilige und unkritische Selbstbezichtigung. Natürlich wird man trösten mit „Du hast entschieden, wie wohl jeder bei solchen Kollisionen von menschenrechtlich fundierten Ansprüchen unvermeidlich entscheiden muss." Aber hat man auch zuvor alles getan, um erst gar nicht in eine solche Zwickmühle zu kommen bzw. um in ihr zu bleiben? Darüber hinaus wird von heroischen Menschen berichtet, die sich das Leben nahmen oder sich selbst verstümmelten, um nicht zwischen Leben und Tod von Unschuldigen entscheiden zu müssen. Was die Unausweichlichkeit von Schuld betrifft, kann man sich auch auf den Philosophen Albert Schweitzer berufen. Er vertritt in seiner Lebens-Ethik pointiert die Position:

„In der Wahrheit sind wir, wenn wir die Konflikte immer tiefer erleben. Das gute Gewissen ist eine Erfindung des Teufels." [24]

Der Mensch als moralisches Lebewesen könne und dürfe in Wahrheit, auch wenn er rechtlich nicht zur Verantwortung gezogen werde, nie ein reines Gewissen haben. Der Mensch, der leben will inmitten von Leben, das auch leben will, verstoße unausweichlich gegen die gebotene Ehrfurcht vor dem Leben. Auf Schritt und Tritt vernichte er Lebendiges. Hierbei kollidiert nach Schweitzer mein Lebensrecht mit dem Lebensrecht anderer Lebewesen. Meine Schuld bestünde im allzu menschlichen Bestehen auf dieses „mein" Recht. Denn grundsätzlich hätte ich die freie Wahl, gegebenenfalls darauf zu verzichten. Auch wenn man diese rigorose Auffassung von Schweitzer nicht teilt, ergibt sich in dem dort behaupteten Konflikt von Grundrechten eine brauchbare Analogie zu unserer Problemstellung. Was Schweitzer dabei prognostiziert, ist schlechtes Gewissen und damit mehr als nur ein bloßes Bedauern.

Kommen wir doch wieder zur eigentlichen Fragestellung: Wie überwindet man bei den oben genannten Beispielen (Trolley u. a.) den Beurteilungsnotstand? Allgemein erstrebenswert wäre doch, wenn hierbei die Vorrang-Nachrang-Frage ebenso eindeutig wie vernünftig beantwortet werden könnte. In diesem Sinne ist es zu begrüßen, dass so etwas wie ein *„rechtfertigender Notstand"*

---

[24] Siehe dazu: Albert Schweitzer, Kultur und Ethik, Reihe Beck 1960, S. 340.

im Jus (dt. § 34 StGB[25]) und sinngemäß in unseren Moralvorstellungen anzutreffen ist, und zwar dort, wo zwar in einigen Bereichen eine feste Rangordnung von Rechten und Pflichten festgeschrieben wird (z. B. Eigentum betreffend), wo aber Konsens besteht, dass bestimmte verbriefte Rechte *und* Pflichten nur unter bestimmten einschränkenden Bedingungen, und daher nicht ausnahmslos gelten. Wenn aber bei den zur Wahl stehenden Alternativen Rechtsgüter derselben Qualität auf dem Spiel stehen, wenn Schädigung gegen Schädigung abzuwägen ist, wenn die Folgen gleich schlimm sind, und wenn es vielleicht gleichermaßen um Leben und Tod geht, ergibt sich doch zunächst einmal jene *Patt*situation, aufgrund der jede beliebige Wahl gleich gut und auch gleich schlecht zu sein scheint. Wäre es dann tatsächlich die vernünftigere Lösung, wenn irgendwie möglich, den überparteilichen Zufall, z. B. das *Los*, entscheiden zu lassen, anstatt einfach beliebig und willkürlich, aber mit dem Risiko der unfairen Parteinahme zu wählen?

Man könnte dazu an den berühmt-berüchtigten und historisch verbürgten Dilemma-Fall der Seeleute Dudley und Stephens denken. Am 8. Juli 1884 geriet die *Yacht Mignonette*, 1600 Meilen vom Kap der Guten Hoffnung entfernt, nach einem schweren Sturm in Seenot. An Bord waren die drei Matrosen Dudley, Stephens und Brooks zusammen mit dem Schiffsjungen Richard Parker. Sie konnten sich mit wenig Proviant in ein Rettungsboot retten und waren bald am Verhungern. Ihre Situation erschien ihnen als aussichtslos. In dieser Notsituation tötete Dudley mit ausdrücklicher Billigung von Stephens den schwer erkrankten Schiffsjungen (er hatte Meerwasser getrunken!). Alle drei versuchten daraufhin, sich mit Kannibalismus am Leben zu halten. Nicht lange danach wurden sie entdeckt und gerettet.

---

25 Das österreichische Rechtssystem kennt meines Wissens keinen eigenständigen Paragraphen für den „rechtfertigenden Notstand", dieser wird aber per Analogie aus anderen Bestimmungen abgeleitet.

Dieser Fall lehrt uns unter anderem, dass es zwar die in den Fallstudien postulierte Gewissheit der ausweglosen Situation im wirklichen Leben kaum gibt und auch in diesem Fall nicht gegeben hat, dass aber bei allem Irrtumsrisiko nur der *wahrscheinliche* Ausgang der Dinge die empirische Grundlage für Entscheidungen abgeben konnte. Daher wurde den drei Überlebenden „Notstand" zugebilligt, denn die Lage schien so, dass sie nur zwischen gleich schlimmen Alternativen zu wählen hatten: Entweder sterben alle vier an Hunger und Durst, oder aber einer wird geopfert und drei bleiben am Leben. Es wird berichtet, den Überlebenden wurde vom Gericht, wegen der besonderen Notlage, zwar die Bestrafung erheblich reduziert, aber doch zur Last gelegt, dass es für die Entscheidung, wer sterben musste, kein *faires* Auswahlverfahren gab.

Wäre mit einer wechselseitigen Zustimmung zum Losverfahren eine gerechte Konfliktlösung möglich gewesen? P. Foot vertritt dezidiert diese Meinung: Mit einem einvernehmlichen Losverfahren wäre der Interessenkonflikt bei der Entscheidung, wer zu retten ist, vernünftig zu lösen gewesen.[26] Man kann also davon ausgehen, dass ein gemeinsames Interesse dieses Verfahren demokratisch legitimiert hätte. Bei der Alternative, nichts zu unternehmen, wäre niemand und daher auch der Schiffsjunge nicht am Leben geblieben.

Angenommen, der Matrose X stimmt in einer Situation, wie oben beschrieben, dem Auswahlverfahren zu, auch in der Erwartung, dass damit in einer solchen Gefahrengemeinschaft sein Risiko zu sterben, erheblich sinken wird, und zwar desto mehr, je größer die Zahl derer ist, die sich an der Auslosung beteiligen. Zieht solch jemand zu seinem Unglück das todbringende Los, scheint tatsächlich im ersten Moment alles klar zu sein. Hat er doch implizit oder explizit die Zusage bzw. das Versprechen abgegeben, das Ergebnis zu respektieren. Denn das würde er auch von den anderen erwarten und einfordern.

---

26 Siehe dazu P. Foot, Das Abtreibungsproblem... S. 209.

Was ist nun aber, wenn er sich plötzlich weigert, sich töten zu lassen, aus welchen Motiven auch immer? Diese Frage hat sich Foot offenbar nicht gestellt. Um der Abmachung willen, d. h. aus moralischen Gründen, müsste er sich freiwillig und ohne Gegenwehr zugunsten der Losgewinner opfern. Will er trotzdem „kneifen", ergibt sich das Problem, dass er gegen seinen Willen, mit brutaler Gewalt oder mit Hinterlist, gezwungen werden müsste, auf sein Lebensrecht zu verzichten. Der Eindruck drängt sich auf, so eine Zusage müsse man zurücknehmen dürfen, auch wenn der Betreffende mit dem egoistischen Beharren auf dieses „Recht" seine moralische Integrität aufs Spiel setzt und seine auch rechtlich verbürgte Schuldigkeit missachtet. Schließlich verstößt er in einer entscheidenden Situation gegen eine ausdrückliche Abmachung, von deren Einhaltung das Überleben der anderen abhängt. Wenn man die Möglichkeit einer übermächtigen instinktiven Abwehrreaktion beiseitelässt, scheint der „Rückzieher" im höchsten Maße unfair, unmoralisch und purer Egoismus zu sein.

Auf der anderen Seite ist es legitim zu hinterfragen, darf nicht der vom Los Betroffene, egal wie er seine Verweigerung begründet, auf das pochen, was im Augenblick der Weigerung in den Vordergrund tritt: auf seinen Überlebenswillen und damit auf sein Lebensrecht? Gibt es denn jemals einen vernünftigen Grund, für andere sein Leben opfern zu müssen? Kann das Einlösen eines Versprechens dieser Art wirklich als ein Akt von Gerechtigkeit im strengen Sinn geschuldet sein, so dass die anderen in jedem Fall einen erzwingbaren Anspruch haben? Damit die „Gewinner" der Losentscheidung ihr so erworbenes Anspruchsrecht auf Überlebenshilfe durchsetzen könnten, müssten sie das Abwehrrecht des „Verlierers" ignorieren dürfen. Das ist aber moralisch wie rechtlich durchaus fragwürdig und möglicherweise ein Problem der Durchsetzbarkeit. Das sollten wir noch prüfen (siehe dazu S. 105 und 141).

Zwar hätte die Rechtsordnung für die solcherart Betrogenen mit der Idee des erwähnten *entschuldigenden Notstandes* einen, wenn auch rechtsdogmatisch umstrittenen, Ausweg geschaffen. Es heißt hier, die eigene Lebensnot *rechtfertigt* den Angriff auf andere zwar grundsätzlich nicht, die Rechtsgemeinschaft zeigt aber Verständnis angesichts des schwer beherrschbaren Überlebensinteresses und vermeidet trotz schwerwiegendem Rechtsverstoß eine Verurteilung, allerdings in der Regel nur, wenn es sich um die Rettung des eigenen Lebens oder das von Nahestehenden handelt. Einschlägige juristische Kommentare propagieren hier per Analogie auch eine Ausweitung auf „fremde" Personen.

Dieser Ansatz beim Allzumenschlichen dürfte eher eine psychologische Notlösung sein, aber keine normenlogische Lösung darstellen. Es bleibt dabei: Sowohl der Rückzieher („Drückeberger") als auch der Zwangsausübende könnten sich auf einen entschuldigenden Notstand berufen und provozieren im emotional unbeherrschten Berufen auf ihre Notsituation den Vorwurf, sich gegen alle Erfordernisse moralischer Verpflichtung zu verhalten. Hier kommen wir nicht weiter. Wir suchen nach einer widerspruchsfreien Lösung im Bereich der Moral, und dies auf der Ebene moralischer Argumentation. Sie kann natürlich schwer gefunden werden, wenn beide Seiten die Ebene ihrer moralischen Verpflichtungen verlassen und sich auf ihre unwiderstehlichen Grundbedürfnisse oder Schwächen und die damit verbundenen rechtlichen Ausnahmebestimmungen zurückbeziehen. Siehst du das anders?

Erlaubniskriterien auf dem Prüfstand: Geschehenlassen; Nebenwirkung; kleineres Übel; Foots Intuition der Gefahren-Umlenkung; T. Zoglauer

Optimist

Doch, sie verlassen die moralische Ebene nicht wirklich, denn legitime Rechte und Pflichten gelten überindividuell und sind ohnedies Wechselbegriffe: Bei der Idee der „schuldigen" Pflichten definieren und bestimmen die Rechte der einen Person die Pflichten der jeweils anderen. Das Zugeständnis, dass Rechtsansprüche prinzipiell auch die Berücksichtigung eines gebührenden Maßes an Eigeninteresse abverlangen, liegt auf der Hand. Zugleich aber soll sich das Eigeninteresse im Rahmen von Gleichberechtigung am Eigeninteresse des anderen begrenzen. Ich sehe nicht ein, warum hier das Überlebensinteresse, egal ob schwer beherrschbar oder nicht, eine Ausnahme darstellt. Ist nicht die Vorrangigkeit des Überlebensinteresses des Losentscheid-Gewinners durch die gemeinsame Akzeptanz des Losverfahrens eindeutig sichergestellt? Im Normalfall wird nicht gelten können, dass man ein x-beliebiges Versprechen auch dann einzulösen hat, wenn dadurch das eigene Überleben auf dem Spiel steht. Doch in unserem Fall steht mehr auf dem Spiel, nämlich Leben gegen Leben, und das ändert den Stellenwert des Versprechens. Man weiß als möglicher Los-Verlierer, der sich auf die Verlosung einlässt, was auf dem Spiel steht. Außerdem ist zu erwägen, ob der vorgängige Konsens zum Losverfahren nicht ohnehin nur eine zusätzliche Bekräftigung dessen darstellt, was auch ohne ausdrückliche Zustimmung für solche Situationen eine faire Entscheidungshilfe bieten soll. Es ist aber trotzdem noch nicht endgültig auszuschließen, dass noch ein Argument zu finden ist, womit dieses an sich faire

Ergebnis ausgehebelt werden kann, doch zugleich der (nicht rechtfertigende) Ausweg zum „entschuldigenden Notstand" unvermeidbar wird. Diese Fragen werden uns später noch mehrmals beschäftigen.

Das ändert jedenfalls nichts daran, dass bei der unterstellten Pattsituation auch eine Losentscheidung nur eine *ultima ratio* darstellt und überdies in bestimmten Situationen sowieso undurchführbar wäre. Um beim Trolley-Problem einer Lösung näher zu kommen, die nicht notwendig den Zufall zu Hilfe nehmen muss, sollten wir uns zurücklehnen, neu ansetzen und die sich aufdrängende Annahme einer echten Dilemma-Situation nochmals kritisch hinterfragen:

Was macht uns denn so sicher, dass in unserem speziellen Fall diese unselige *Gleichrangigkeit* von Pflichtgründen wirklich unvermeidlich ist? Wir haben dies in unserer bisherigen Diskussion nur probeweise vorausgesetzt. Die Situationen, auf die sich das Urteil von Gleichrangigkeit gründet, weisen vielleicht doch bei näherer Betrachtung relevante Unterschiede auf.[27] Es könnten daher normative Maßstäbe und Anwendungskriterien ausfindig gemacht werden, die für unser Trolley-Problem eine rational nachvollziehbare Vorrang-Entscheidung möglich machen. Und tatsächlich herrscht zu diesem Fallbeispiel in der moralphilosophischen Literatur und in der Alltagsmoral weitgehend Konsens, dass eine vernünftige Gewichtung machbar ist, auch wenn dabei unterschiedliche Konzepte vorgelegt werden. Überhaupt steht man dem Dilemma-Verdacht skeptisch gegenüber: Denn für eine wohldurchdachte angewandte Ethik dürfte es doch eigentlich keine außergewöhnlichen Dilemmata geben, zumindest nicht solche, die auch noch das Zufügen von Unrecht und Schuld miteinschließen!

---

27 So waren z. B. auch im Mignonette-Fall die Überlebenschancen nicht gleich: Die Überlebenden konnten argumentieren, der Schiffsjunge hätte aufgrund seines geschwächten Zustandes sowieso nur mehr kurze Zeit gelebt.

Überlegen wir also noch einmal, welche plausiblen *Kriterien* für eine rationale Vorrangbestimmung zur Verfügung stehen. Welche Vorschläge eignen sich für eine erfolgversprechende Diskussion über einen vernünftigen Umgang mit jenen dramatischen moralischen Konflikten, wo eine Wahl nicht vermieden werden kann, aber jede verfügbare Handlungsmöglichkeit den Tod Unschuldiger zur Folge hat?

Die zu prüfenden Handlungsweisen lassen sich in mehrfacher Hinsicht unterscheiden und bewerten. Beide Ethiktraditionen, kategorische Pflichtenethik und Konsequentialismus, finden in der Alltagsmoral Berücksichtigung. Im Vordergrund steht, erstens, die angenommene Wertdifferenz von aktiv und passiv, damit von *Tun und Geschehenlassen*, in unserem Fall von Töten und Sterben lassen. Es ist offensichtlich, dass hier unsere Moralpraxis in der Regel unterschiedlich wertet.

Der üblichen Vorstellung, dass Verletzungen von Handlungsverboten schwerer wiegen als Verstöße gegen Handlungsgebote, steht zweitens eine andere These gegenüber, dass nämlich ein Schädigen, zugelassen als bloße *Nebenwirkung* des Handelns, eher erlaubt ist als ein Schädigen als *Mittel* zum (guten) Zweck. Es handelt sich dabei um das traditionelle „Prinzip der Doppelwirkung" (PdDW).

Zusätzlich beansprucht, drittens, die Unterschiedlichkeit des Ausmaßes und der Summe an erwünschten oder unerwünschten *Gesamtfolgen* (Glücksgüter oder Übel) Maßstab für eine moralisch richtige Gewichtung alternativer Handlungsweisen zu sein. Hier werden Konsequenzen, für sich genommen, als moralisch besser oder schlechter gewertet, unabhängig davon, ob hinter ihnen ein Tun oder Unterlassen, ein direkter Vorsatz („Mittel zum Zweck") oder ein indirekter Vorsatz („als Nebenwirkung zugelassen") steckt.

Man sieht, die Frage der Rangordnung konkreter Handlungsvorschriften im Falle von moralischen Konfliktsituationen verlagert sich damit auf die übergeordnete Ebene der allgemeinen Kriterien und Prämissen. Die großen Schulen der philosophischen Ethik vertreten zu dieser Frage trotz vielfacher Überschneidungen kontroverse Positionen. Sie behaupten, kompatibel mit der gängigen Alltagsmoral zu sein, aber im Grundsätzlichen ist ein breiter Konsens noch nicht in Sicht. Wir werden sehen, beide Schulen bergen Elemente, die man nicht vernachlässigen darf.

Vergegenwärtigen wir uns dazu nochmals die moralische Fragestellung in der genannten Konfliktsituation: *Darf man einen Menschen in Todesgefahr bringen, um fünf zu retten?* Die üblichen Moralvorstellungen, getestet anhand von Umfrageergebnissen, sprechen sich in unserem Beispiel überwiegend für das Umlenken aus. Können sie sich dabei zu Recht auf das konsequentialistische Argument des Übergewichts der guten Folgen (kleineres Übel) stützen? Oder ist es wirklich plausibel, wenn sie das Argument der nicht intendierten Nebenwirkung heranziehen? Oder lässt sich gar argumentieren, dass ein als vorrangig behauptetes Verbot der aktiven Schädigung gar nicht verletzt wird, weil das bloße Ablenken einer schon bestehenden Gefahr (ggf. durch einen Passanten als Weichensteller) nicht mit dem Neuschaffen einer Gefahr gleichgesetzt werden darf? Das ist die erweiterte Position von P. Foot. Sie versucht, die Intuitionen (unmittelbare Gewissheit) der Alltagsmoral gegen Folgerungen von handlungsutilitaristischen Ansätzen zu verteidigen. Diese Utilitarismus Variante, nach der den moralischen Handlungsnormen nicht mehr an Gültigkeit zukommt als für gewöhnlich den sogenannten Faustregeln, strebt auf direktem Wege, d. i. für jede Einzelhandlung, eine Kalkulation und Maximierung der Nutzensumme an. Demgegenüber ist nach Foot das Verbot, Individuen zu instrumentalisieren und ihnen Schaden zuzufügen als Pflicht der schuldigen Gerechtigkeit (wie schon bei Kant), prinzipiell vorrangig gegenüber der Verpflichtung der Hilfe in Not. Sie argumentiert: Sterbenlassen ist schlimm, aber *Töten ist schlimmer als Sterbenlassen!* Und diese schuldige Verpflichtung bliebe vorrangig, auch wenn die „Nutzensumme" durch Hilfsleistung vergleichsweise größer ist.

Umso überraschender ist, dass Foot trotzdem als Lösung des Trolley-Problems die Auffassung vertritt: Ja, der Lokfahrer darf und soll sogar umlenken. Mit ihrer peniblen Argumentation im konstruierten Trolley-Fall versucht sie zu rechtfertigen, dass ihr Eintreten für das aktive Umlenken keinen Bruch des Schädigungsverbotes und damit keine Inkonsequenz darstellt, obwohl sie das Kriterium der Nutzenmaximierung ebenso ablehnt wie das Prinzip der Doppelwirkung.[28] Der für Kritiker naheliegende Eindruck, ihre Position sei widersprüchlich, resultiert in ihren Augen aus einem Nichtbeachten des Umstandes, dass ein *Umlenken* einer Gefahr etwas relevant anderes ist als die *Neuschaffung* einer Bedrohung. Das wird uns noch beschäftigen (siehe S. 91f). Für ihre Argumentation ist außerdem wichtig, dass ein Zufügen von Schaden auch durch einen Akt des Unterlassens zustande kommen kann. Insofern gibt es in der Moral (wie auch in der Rechtsordnung) ein verbotenes *Tun durch Unterlassen*. Wir müssen überlegen, ob das bei unserem Fall des Lokführers zutrifft.

Dieselbe Frage stellt sich im durchaus realistischen Fall eines *Autofahrers*, der bei Bremsversagen nur die Möglichkeit hat, das Fahrzeug aktiv in die Richtung umzulenken, wo statt einer Vielzahl von Passanten nur wenige bedroht sind. Unternimmt er nichts und lässt „bloß" zu, dass das Fahrzeug in die größere Gruppe rast, ist sein Verhalten möglicherweise dennoch moralisch und rechtlich als fahrlässige Übertretung des Schädigungsverbotes zu beschreiben und zu bewerten. Damit verglichen kommt, wie wir sehen werden, für Foot alles darauf an, welcher Status dem „Umlenken" zukommt.

Die unterschiedliche Bewertung von Handlungen nach dem zweitgenannten Kriterium ist für Foot alles andere als überzeugend. Sie erklärt die subjektive Plausibilität des „Prinzips der Doppelwirkung" mit dem Umstand, dass diese *in Kauf* genommenen Folgen in vielen Fällen zugleich Folgen des eigentlich relevanten (passiven) *Geschehenlassens* sind. Dass dies aber nicht immer der Fall ist, wird dort augenfällig, wo

---

28 Siehe dazu: P. Foot, Töten und Sterbenlassen, dt. in: Die Wirklichkeit des Guten, 1997, S. 193.

die schlimmen Nebenwirkungen ausnahmsweise als Folgen aktiven Schädigens wirksam werden. Das ablehnende Urteil der Alltagsmoral und der Rechtsprechung im Fallbeispiel der heilbringenden *Medikamentenherstellung* in einem Krankenhauslabor, wobei unbeabsichtigt, aber doch wissentlich giftige Gase entweichen und als Nebenwirkung einen Patienten im Nebenraum töten würden, ist für Foot ein gutes Indiz für die bloß sekundäre Relevanz des PdDW. Dieses Urteil belegt für Foot, dass ein fundamentalerer Grundsatz zum Tragen kommt: das Verbot des aktiven und wissentlichen *Schädigens,* wenn auch als bloße Nebenwirkung in Erscheinung tretend. Die Medikamentenherstellung gilt daher unter diesen Umständen als moralisch und rechtlich unerlaubt, und zwar auch dann, wenn damit in Zukunft einer Vielzahl von Erkrankten das Leben gerettet werden könnte.

Und was das berühmte Trolley-Beispiel betrifft, reicht nach Foot die Verantwortung des Lokführers gegenüber den fünf Arbeitern auf dem Hauptgeleise entschieden über eine bloße Hilfe in Not hinaus. Sie spricht hier (zu Recht?) von einem „Verbot", aktiv zu schädigen, und nicht von einem eher nachrangigen Hilfsgebot. Aber aus welchem Grund wäre in diesem Fall ein Unterlassen der Rettung einer aktiven Schädigung gleichzusetzen? Das Argument von Foot lässt sich folgendermaßen ergänzen: Der Lokführer hat mit der Inbetriebnahme des Zuges eine Kausalkette in Gang gesetzt und damit die Verantwortung übernommen, mit Aufbietung aller Möglichkeiten niemanden zu gefährden. Daher kann ihm, bei einer Verkettung von unglücklichen Umständen, die üble Folge als aktives Schädigen angelastet werden, wenn er nichts dagegen zu tun versucht. Er fungiert hier unmittelbar als *Garant.* Lenkt er um oder tut er es nicht, beide Male bedroht er das Leben von Personen. Hier steht Schädigen gegen Schädigen zur Abwägung.[29] Das Schädigen auf der einen Seite (Nebengeleise) ist unmittelbar kausal verbunden mit dem Nichtschädigen auf

---

29 Siehe dazu: P. Foot, Das Abtreibungsproblem ... S. 206.

der anderen Seite (Hauptgeleise). Die Rettung der Gefährdeten auf dem Hauptgeleise gilt damit nicht mehr nur als eine bloße Hilfsflicht, sondern ist identisch mit einer Unterlassungspflicht, *zugleich* mit dem Beachten des Verbotes der Schädigung.

Auf den ersten Blick erscheint es nicht unvernünftig, wenn bei Foot als sekundäres Kriterium die *Quantität* der Geretteten zum Tragen kommt, denn die *Qualität* der Verbindlichkeiten („Du darfst niemandem aktiv Schaden zufügen!") ist nach beiden Richtungen dieselbe. Trotzdem bleibt es weiterhin fraglich, ob sich damit endgültig eine Rechtfertigung für das Umlenken anbietet. Man muss jedoch darauf hinweisen, dass das Trolley-Dilemma nicht in allen Varianten in dieses Argumentationsschema einzuordnen ist, zumindest nicht in jener später präsentierten Variante von Foot, wo um das richtige Handeln eines *Passanten* gefragt wird, der zufällig an der Weiche anwesend ist. Er ist nicht von vorneherein in das todbringende Geschehen verwickelt. Beim Umlenken von einer Spur zur anderen durch Betätigen der Weiche betreibt er *Gefahrenabwehr*, und die Tötung des (einen) Arbeiters auf dem Nebengeleise durch den Zug ist darüber hinaus nur eine zufällige und unbeabsichtigte Nebenwirkung. Er ist in keiner Weise Verursacher einer Gefahr für das Hauptgeleise oder ein direkt Verantwortlicher für die Gefahrenabwehr. Auch in diesem Fall ist die Gefährdung bereits im Voraus gegeben und die nämliche Frage stellt sich: *Darf* die Gefahr oder *soll* sie sogar durch entsprechende Weichenstellung abgewehrt werden, damit die fünf Arbeiter am Leben bleiben? Handelt es sich wirklich nur um Gefahren*abwehr*? Nein! Diese verharmlosende Begriffswahl („Gefahrenabwehr") erscheint, entgegen der Ansicht von Foot und anderen, weder logisch eindeutig noch der Situation angemessen zu sein. Es kann nicht geleugnet werden, dass als Nebenwirkung, d. h. in Kauf genommen, für den auf dem Nebengeleise Befindlichen dennoch eine *neue* Gefahr erzeugt und bereitgestellt wird. Es kann schon so sein, dass beim Umstellen der Weiche primär an die Gefahrenabwehr *gedacht* wird. Nur handelt es sich eben um keine gewöhnliche Gefahrenwegleitung, sondern um eine todbringende Gefahren*umleitung*.

Deshalb hat man zu fragen, ob ein bzw. worin ein wesentlicher Unterschied besteht zwischen *Gefahrerzeugung* und *Gefahrenumleitung*. Dass Unterschiede da sind, liegt auf der Hand: Erstens wird bei der Umleitung die verhängnisvolle Kausalkette nicht ursprünglich erst in Gang gesetzt, sondern das Handlungssubjekt wird damit konfrontiert. Zweitens verschiebt sich der Blickwinkel. Bei Verwendung des ersten Begriffes hat man mehr die von der Gefahr Bedrohten unmittelbar im Auge, beim zweiten Begriff mehr die von der Gefahr Verschonten. Das ändert aber nichts daran, dass es sich jedenfalls nicht um eine Gefahrenablenkung im Sinne von Gefahren*aufhebung* handelt. Die Kausalkette bleibt weiter bedrohlich. Der dritte Unterschied hat nicht direkt mit der Struktur der Gefahrenumlenkung zu tun, sondern beschreibt nur ein Motiv, das es zu prüfen gilt: Bei der Umlenkung wird nicht eine Mehrzahl von Personen ABC auf dem Hauptgeleise, sondern „nur" (und ganz neu) eine einzelne Person D auf dem Nebengeleis betroffen sein. Es bleibt für mich ein Rätsel, wie P. Foot übersehen konnte, dass mit dem und ab dem Weichenstellen doch wieder eine Kausalkette *neu* in Gang gesetzt wird. Man könnte denken, sie relativiert damit indirekt ihre ursprüngliche Kritik am Prinzip der Doppelwirkung.

Die Vertreter dieses Prinzips haben allerdings keine Mühe, die verbreitete Akzeptanz des todbringenden Umlenkens mit der Vorstellung von Nebenwirkung zu verknüpfen und zu rechtfertigen. Falls Foot beim zufälligen Weichensteller tatsächlich mit dem PdDW sympathisieren sollte, deckt sich das nicht mit jener Begründung für das Umlenken, die sie in der Abhandlung über die Doktrin der Doppelwirkung (1967) vorlegt. Dort weist sie diesem Prinzip explizit nur eine untergeordnete Bedeutung zu, mit der Konsequenz, dass ein bloßes *indirektes* Beabsichtigen einer schlechten Wirkung den Handelnden in keiner Weise moralisch entlasten würde. Daher ist in ihrem ursprünglichen Trolley-Beispiel auch nur die Rede von einer Abwägung des Lokführers zwischen *zwei Verboten* des Schädigens derselben Qualität. In einer später präsentierten Variante taucht dann eben die Figur des zufälligen Weichenstellers auf, dem kaum eine

Garantenstellung zukommt. Foot müsste in diesem Fall dem Schädigungsverbot (Nebengeleise) gegenüber der nachrangigen Hilfeleistung (Hauptgeleise) den Vorzug geben, was zudem weitgehend kontra-intuitiv wäre, d. i. im Widerspruch zum beschriebenen Urteil der Alltagsmoral stünde. Das kann Foot vermeiden, weil sie, anders als in der früheren Fallvariante, aktives *Umlenken* nicht mehr im eigentlichen Sinn als Schädigungsakt einstuft. Man gewinnt daher den Eindruck, sie muss, damit das plausibel erscheinen kann, doch wieder durch die Hintertür eine Version der Doppelwirkungs-Doktrin ins Spiel bringen.

Skeptiker

Wie du argumentierst, klingt alles andere als optimistisch, ist außerdem begrifflich anstrengend und nicht wenig verwirrend, und spricht doch eher für die Inkonsequenz von Ethik und gelebter Moral. Man könnte meinen, die Alltagsmoral urteilt im Weichensteller-Fall intuitiv utilitaristisch (Vorrang Nutzensumme), im Widerspruch dazu aber beim Dicker-Mann-Fall intuitiv deontologisch (Vorrang Schädigungsverbot). Oder aber sie urteilt unmittelbar nach dem von dir erwähnten PdDW. Doch scheint das PdDW, dessen Attraktivität ich noch nicht nachvollziehen kann, in sich selbst widersprüchlich und brüchig zu sein, da man doch argumentieren kann, die Schädigung des dicken Mannes sei gar nicht als Mittel intendiert. Als Mittel gebrauche man nur seinen schweren Körper, sein Tod wäre zwar voraussehbar, aber auch nur eine nicht notwendige Nebenwirkung. Vielleicht wirst du entgegnen, der Sophistik ist hier Tür und Tor geöffnet, ich meine aber, sie ist schwer widerlegbar. Und was P. Foot betrifft, hast du selbst bereits kritisiert, dass ein und dieselbe Handlung sowohl als Gefahrenabwehr wie auch als Gefahrenerzeugung darstellbar ist. Welche Argumente und Kriterien verbleiben dir dann noch für deinen Optimismus, das Trolley-Problem führe nicht ins unlösbare Dilemma?

Optimist

Ich vermute nach wie vor, dass es für den *Lokführer* zulässig ist, umzulenken. In diesem Fall halte ich die ursprüngliche Argumentation von Foot (zwei Verbote) für durchaus tragfähig. Beim *Weichensteller* will ich mich noch nicht festlegen. Jedenfalls gibt es überlegenswerte Versuche, die Problemsituation des Weichenstellers der des Lokführers anzunähern.

So möchte F. Ricken die Gefahrenumlenkung durch Stellen der Weiche dadurch rechtfertigen, dass er das Moment der *Aktivität* nicht bloß im äußeren Schädigungsakt fest macht, sondern in die vorausliegende Entscheidung verlegt. Dadurch wird es für ihn möglich, die unterschiedliche Bewertung von Töten (aktiv) und Sterbenlassen (passiv) zu unterlaufen. Sterbenlassen der fünf Arbeiter wäre somit als bewusster Entschluss ebenso ein aktiver Akt, eine Bewertungsdifferenz würde fehl am Platze sein. Damit stünde sowieso Tun gegen Tun, Aktivität gegen Aktivität. Der für moralisches Urteilen relevante Handlungsbegriff muss nach Ricken revidiert werden. Er fragt daher, ob das Betätigen der Weiche moralisch tatsächlich anders zu beurteilen sei als das Nichtbetätigen. Seine Antwort lautet: nein!

„*Man könnte argumentieren, dass der Lokführer in dem einen Fall handelt, d. h. einen Menschen tötet, im anderen dagegen nicht, d. h. einen Menschen sterben lässt. Der Fehler dieser Antwort liegt darin, dass hier das Handeln mit einer Körperbewegung gleichgesetzt wird. Der Lokführer muss sich entscheiden, ob er die Weiche umstellen soll oder nicht; wenn er sie nicht umstellt, dann deswegen, weil, er sich entschieden hat, sie nicht umzustellen; zwischen beiden Möglichkeiten besteht also kein moralischer Unterschied.*"

Da man, so betrachtet, auf Verpflichtungsebene des „Handelns" verbleibt und die abzuwägenden Rechtsgüter sowieso auf derselben Ebene liegen, sollte man nach Ricken das Übergewicht an

positiven Folgen berücksichtigen. Daraus folgt: „*Der Lokführer darf und muss daher teleologisch entscheiden.*"³⁰
Pflicht wäre somit die Rettung der fünf Arbeiter.
Dasselbe gilt für den Weichensteller. Das Problem dabei: Der Sinn der Unterscheidung von Tun und Geschehenlassen, von aktiv und passiv, damit auch von kausalem Schädigen und unterlassener Hilfe, wäre damit gänzlich aufgehoben. Eine doch sehr problematische Nivellierung von innerlich und äußerlich, von Entscheiden und aktivem Tun. Obwohl es moralisch verwerflich ist, zu töten oder bei Lebensnot keine Hilfe zu leisten, und in beiden Fällen eine (aktive) Entscheidung zugrunde liegt, ist es kein Widerspruch, in der Regel das Töten als schlimmer zu bewerten.

Man kann auch fragen, ob der normrelevante Unterschied von Töten und Sterbenlassen tatsächlich in dem von D. Birnbacher ins Treffen geführten Umstand besteht, dass die direkte Instrumentalisierung des Dicken Mannes zusätzlich mit Zwang und Aggressivität verbunden ist? Das *subjektive* Gefühl von Angst und Abneigung, einem solchen Akt von Bedrohung und Angriff ausgesetzt zu sein, wäre der ausschlaggebende und zugleich rechtfertigende Faktor für den Vorrang des Tötungsverbotes vor dem Gebot der Hilfe in Not. Diese wahrgenommene Aggressivität würde aber beim Umlenken des Trolleys fehlen, weil hier die außer Kontrolle geratene Maschine sozusagen dazwischen geschaltet ist.³¹ Auch hier ergeben sich einige offene Fragen. Ein Problem bei der Argumentation von Birnbacher besteht z. B. darin, dass das Auftreten und das Ausmaß dieser zusätzlichen Abneigung, psychologisch betrachtet, zufällig und

---

30 F. Ricken, Allgemeine Ethik; Kohlhammer 2012, S. 308 und 309; F. Rickens Wortwahl „teleologisch" ist an dieser Stelle etwas irreführend. Das aristotelische Streben nach dem obersten menschlichen Ziel (Eudaimonia als Telos) ist nicht identisch mit der bloßen Maximierung erwünschter Folgen. Ricken meint hier ein außermoralisches Gutes.
31 Siehe dazu: D. Birnbacher, Tun und Unterlassen; 1995, S. 214f.

zugleich schwankend ist. Darauf lässt sich keine allgemeingültige Vorrangbestimmung gründen.

Was nun die kritische Auseinandersetzung mit dem PdDW anlangt, so wurde allerdings schlüssig argumentiert, dass man sowieso grundsätzlich jede vorausgesehene Nebenwirkung des eigenen Handelns voll zu verantworten habe. Um es in der Juristensprache auszudrücken: Das Vorliegen des „dolus directus II", wo das Eintreten der verbotenen Schädigung zwar gewusst und zugelassen wird, aber im Unterschied zum „dolus directus I" nicht gezielt gewollt wird, ist für die Rechtsordnung kein Grund, die Handlung nicht ebenfalls streng zu verbieten. Juristische Kommentare zum Trolley-Problem lehnen daher, durchaus im Gegensatz zum mehrheitlichen Votum der Alltagsmoral, das Umstellen der Weiche als nicht gerechtfertigt ab. Bestenfalls wird, wie bereits erwähnt, jener juristisch schwer einzuordnende „entschuldigende Notstand" eingeräumt.[32] Sie betonen den Vorrang der Pflicht des Nichtschädigens (durch Tun oder qualifiziertes Unterlassen) gegenüber der Pflicht des Helfens. In diesem Sinne ist für die

---

[32] Siehe dazu die juristische Kasuistik bei Roland Hefendehl, Vorlesung Strafrecht, WS 08/09 Beispiel Bahnwärter, S. 207. Es handelt sich um eine der vielen Variationen des Trolley-Problems: „Nicht gerechtfertigt ist der Bahnwärter, der einen führerlosen Zug auf einen voll besetzten Personenzug zurollen sieht und den Zug im letzten Moment auf ein Nebengleise lenkt, auf dem ein Bahnarbeiter arbeitet, der vom Zug erfasst und getötet wird." Ähnlich auch: Helmut Fuchs, Vorlesung Öst. Strafrecht. 2002, Zusammenfassung Claudia Holzer, S. 82: „Der Zugführer lenkt den Wagen im letzten Augenblick auf ein Nebengeleis und verhindert so den Zusammenstoß mit dem Personenzug, doch wird dadurch ein Arbeiter auf dem Nebengeleis getötet, der zuvor nicht gefährdet war. Die Tötung des Arbeiters ist zwar nicht gerechtfertigt, aber entschuldigt."

Rechtsordnung das *Quantitätsargument* als Entscheidungshilfe nicht notwendig und auch nicht zulässig.[33]

T. Zoglauer wiederum bekennt sich in seinem Buch „Tödliche Konflikte" dennoch ausdrücklich zu Foots Rechtfertigung der „Gefahrenumlenkung". Er spricht von einer „richtigen Intuition", tut sich aber schwer, für diese positive Einschätzung stichhaltige Argumente zu liefern:

„Philippa Foot hatte, als sie das Straßenbahndilemma erstmals aufstellte, eine richtige Intuition: Die Straßenbahn, die auf die fünf Menschen zurollt, stellt eine lebensgefährliche Bedrohung dar. Wenn es darum geht, Gefahren abzuwenden, dürfen und müssen wir das kleinere Übel wählen und die Straßenbahn auf das Nebengeleis umlenken. Wenn wir Menschenleben dagegen nur dann retten können, wenn wir eine neue Gefahr erzeugen und dadurch einen Menschen töten, müssen wir untätig bleiben und dem Schicksal seinen Lauf lassen. Edward (der Bahnfahrer) handelt daher richtig, wenn er die Straßenbahn umlenkt...Edward kann für den Tod des Mannes auf dem Nebengeleis nicht verantwortlich gemacht werden, weil das Versagen der Bremsen von ihm ja nicht verursacht wird..."

„[...] Der Straßenbahnfahrer Edward, der einen Menschen überfährt, indem er die Straßenbahn nach rechts lenkt, ist für dessen Tod dagegen nicht verantwortlich, weil die Bremsen der Bahn versagten und der Tod mindestens eines Menschen, egal wie Edward handelt, unvermeidlich ist."

Diese Schlussfolgerung ist voreilig. Der überfahrene Arbeiter auf dem Nebengeleise würde sich wohl herzlich bedanken für diese Rechtfertigung seiner Opferung. So kann man das Dilemma nicht lösen. Wenn Gefahrenabwehr für sich bereits entschuldigt,

---

33 Roland Hefendehl, a. a. O. S. 207, mit Berufung auf Urteile des BGHSt 34, 347: „Keine Abwägung Leben gegen Leben. In Konfliktlagen, in denen sich Leben und Leben gegenüberstehen, ist der Grundsatz absoluten Lebensschutzes zu beachten, der einer Abwägung Leben gegen Leben entgegensteht. Menschliches Leben ist nicht quantifizierbar."

wozu dann noch das Argument des kleineren Übels? Gerade weil der Lokführer wählen kann, muss er den Tod auf der einen wie auf der anderen Seite voll verantworten.

Gegen die entlastende Interpretation der Gefahrenumlenkung durch Foot, und damit auch durch Zoglauer, wendet sich auch der Jurist J. Wessels. Er spricht sich entschieden gegen die Verharmlosung der Gefährdung des Arbeiters auf dem Nebengeleis aus. Auch er bezeichnet das Umlenken durchaus zutreffend als ein Setzen einer „völlig neuen Gefahr" und als vorwerfbares „Schicksalspielen" (siehe unten Anm. 74). Allerdings hält Zoglauer den quantifizierenden Lösungsansatz mancher Utilitaristen ebenso für fragwürdig wie die gängige juristische Fallbeurteilung:

„Wie ein Utilitarist das Dilemma lösen würde, ist klar: Fünf Menschenleben sind mehr wert als eines, daher ist es geboten, die Straßenbahn umzulenken. Intuitiv würde jeder so handeln...Läge dem Bundesverfassungsgericht der Fall zur Entscheidung vor, würden die Richter wohl zu folgendem Urteil kommen: Lenkt Edward die Straßenbahn um, wird die Person auf dem Nebengeleis als Mittel zur Rettung der fünf anderen Menschen missbraucht und damit instrumentalisiert...Man dürfte daher nicht eingreifen und müsste die Straßenbahn weiterrollen lassen."[34]

Nicht uninteressant ist aber sein weiterer Gedanke, dass sich mit der Idee der *Verteilungsgerechtigkeit* ein wichtiges zusätzliches Argument ergibt. Dies wäre nach ihm auch überlegenswert im Falle des gezielten Abschusses eines gefährlichen *Meteoriten*. Er sollte so erfolgen, dass die Trümmer eher in einer weniger bewohnten Gegend abstürzen:

„Das Risiko wäre gerechter verteilt, sofern man hier überhaupt von Gerechtigkeit sprechen kann." [35]

---

34 T. Zoglauer, Tödliche Konflikte; 2007, S. 86, S. 105 und S. 143.
35 T. Zoglauer, a.a.O. S. 91.

Denn warum, so könnte man ergänzend fragen, soll die Mehrzahl die ganze Last tragen, wo doch bei einer gedachten Gleichverteilung vielleicht nur 50 % betroffen sein dürften?

Skeptiker

Zoglauers Ergänzungen zur Argumentation von Foot sind für mich in der Tat wenig überzeugend. Erstens entbindet ein plötzliches Versagen der Bremsen den Lokführer nicht von der Garantenpflicht, dass sein Fahrzeug keinen oder zumindest möglichst wenig Schaden anrichtet. Zweitens ist es zwar unbestritten, dass in diesem Fall der Tod mindestens eines Menschen nicht zu verhindern ist. Wohl aber ist Edward verantwortlich für die Wahl, *wen* dieses Schicksal trifft.

Bevor wir diese Idee der Verteilungsgerechtigkeit prüfen wollen und du dich endgültig distanzierst vom „Prinzip der Doppelwirkung", und mir, ich hoffe es, einen alternativen Lösungsansatz präsentierst, erkläre mir noch präziser, worin die Anziehungskraft dieses Prinzips besteht: Bedient sich nicht nach wie vor und trotz aller Kritik die Alltagsmoral und nicht nur die Moraltheologie des PdDW, um die Tötung von Unschuldigen zu rechtfertigen? Kannst du mir helfen bei der Klärung der Frage, was dieses Prinzip im Detail besagt, warum dieses Prinzip so verlockend ist und noch immer seine Anhänger hat? Die einprägsame Kurzform „Niemand darf als bloßes *Mittel* zum Zweck instrumentalisiert werden!" ist in ihrer Einschränkung auf die direkte Mittelhaftigkeit vielleicht doch nur die halbe Wahrheit! Sollte man nicht den Begriff der Instrumentalisierung weiter fassen?

Kritische Betrachtung des „Prinzips der Doppelwirkung"; Foot beklagt Verwechslung von Geschehenlassen und Nebenwirkung

Optimist

Damit könntest du recht haben. Die populäre Doktrin der Doppelwirkung, ursprünglich eine Verhaltensregel von *Thomas von Aquin* für den Fall von Notwehr[36], findet in der Tat bis heute in der Ethik ihre Anhänger. Diese Theorie geht von der Tatsache aus, dass es Handlungen gibt, die zugleich gute und schlechte Wirkungen haben. Damit verbindet man die These, dass direktes Beabsichtigen und das bloße Inkaufnehmen eines Übels moralisch unterschiedlich zu bewerten sind. Diese Bewertung betrifft nicht nur den moralischen Charakter und die Motivation des Handelnden, sondern darüber hinaus ganz zentral auch die Bewertung der Handlung selbst. Entscheidend für die Rechtfertigung einer Handlung (mit üblen Folgen) ist hier die Unterscheidung von *beabsichtigen* und *vorhersehen.*

Nach diesem Prinzip ist es nun erlaubt, ein Übel zu verursachen, wenn einige Bedingungen erfüllt sind: Erstens, der Zweck der Handlung muss sittlich gut oder zumindest sittlich erlaubt sein. Zweitens, die handelnde Person lässt die schlechte Wirkung bloß zu, beabsichtigt direkt nur die gute Wirkung. Wichtig ist dabei, drittens, dass die schlechte Wirkung kein Mittel sein darf, um die gute Wirkung zu hervorzubringen. Die klassische Interpretation des PdDW zielt sowohl auf die Rechtfertigung von Handlungsfolgen (z. B. Tötung bei Notwehr) als auch von „Folgen" des Geschehenlassens (unterlassene Hilfe). Einige ge-

---

[36] Thomas von Aquin, Summa Theologica, 2-2, q. 64 a. 7.

nerelle Einwände gegenüber diesem traditionellen Prinzip für moralische Konfliktfälle haben wir weiter oben (dolus directus II) schon kennen gelernt. Wir haben auch festgehalten, P. Foot, die Grande Dame der britischen Moralphilosophie, hält nicht viel von dem PdDW, das seinerzeit in der Diskussion zur Abtreibungsfrage eine bedeutende Rolle gespielt hat.

Für Foot ist dieses Prinzip falsch und irreführend, bestenfalls von untergeordneter Bedeutung. Was mit dieser (immerhin) „untergeordneten Rolle"[37] gemeint sein kann, wird uns noch beschäftigen und sei an dieser Stelle nur angedeutet. Wenn man wie Foot eine bestimmte Theorie der schuldigen „Rechtspflichten" vertritt und dabei eine alternative Position (PdDW) für fehlerhaft erklärt, übernimmt man zunächst einmal eine Begründungspflicht für die eigenen Thesen. Dazu ist es nicht unbedingt notwendig, aber doch aufschlussreich, zu erfahren, warum ein Verfechter der abgelehnten Position diese für wahr und schlüssig hält. Doch Foot hat dafür einen guten Grund, war sie doch selbst einmal überzeugte Anhängerin des PdDW. Im Wesentlichen lassen sich, im Anschluss an die Kritik von Foot, bei diesem Prinzip zumindest zwei Denkfehler aufweisen. Den einen spricht sie direkt an, den anderen kann man aus ihren Äußerungen erschließen. Letzterer hat, nach meiner Einschätzung, zu tun mit jenen Folgerungen aus dem PdDW, denen Foot zumindest jene „untergeordnete" Bedeutung nicht absprechen will. Zunächst einmal räumt sie ein:

„Eine Zeitlang war ich der Meinung, dass diese Argumente zugunsten der Doktrin der Doppelwirkung schlüssig sind, aber jetzt glaube ich, dass der [moralische; d.A.] Konflikt auf andere Weise gelöst werden sollte. Der Hinweis, dem wir folgen sollten, ergibt sich daraus, dass

---

37 Siehe dazu P. Foot, Das Abtreibungsproblem [...] S. 208: „Meine Folgerung besteht darin, dass die Unterscheidung zwischen direkter und indirekter Absicht nur eine untergeordnete Rolle bei der Bestimmung dessen spielt, wie wir in diesen Fällen urteilen, während die Unterscheidung von Schaden zufügen und dem Hilfebringen tatsächlich sehr wichtig ist."

die Stärke der Doktrin in der Unterscheidung zu liegen scheint zwischen dem, was wir tun (gleichgesetzt mit direkter Absicht), und dem, was wir zulassen (als nur indirekt beabsichtigt ansehen). Es ist bemerkenswert, dass die Kontrahenten [recht] gerne darüber diskutieren, ob wir für etwas, das wir zulassen, ebenso verantwortlich gehalten werden sollten wie für das, was wir tun...Nicht eindeutig klar ist [für sie]aber, dass es dies ist, was sie diskutieren sollten, da die Unterscheidung zwischen dem, was man tut, und dem, was man zulässt, nicht dasselbe ist wie die zwischen direkter und indirekter Absicht...So kann eine Person wünschen, dass eine andere tot ist, und sie überlegt sterben lassen."[38]

Was also hat Foot nach ihrem eigenen Eingeständnis übersehen? Sie hat, wie sie sagt, erstens nicht bedacht, dass, ein Übel *geschehen* zu lassen und ein Übel als Nebenfolge *in Kauf* zu nehmen, nicht gleichzusetzen sind, zweitens, dass daher das Geschehenlassen eines Übels nicht notwendig deshalb gerechtfertigt ist, weil es zugleich als bloße Nebenfolge des primären Handlungszieles in Erscheinung tritt und somit bloß in Kauf genommen wird. Sie hat recht, dass das Bedingungsverhältnis gerade andersherum gesehen werden muss: Die Inkaufnahme eines Übels ist deshalb erlaubt, weil (bzw. wenn) man dieses nur passiv „geschehen lässt" und somit gegenüber anderen keine schuldige Pflicht verletzt. Liegt dagegen eine nicht beabsichtigte, aber schädigende Nebenwirkung eines *aktiven* Verhaltens vor, wird diese Handlungsweise als verboten gelten müssen. Wenn daher grundsätzlich das Tötungsverbot Vorrang hat vor dem Rettungsgebot, wie Foot jetzt annimmt, dann ist eine aktive Handlung im Kollisionsfall, auch wenn sie bloß als Nebenwirkung Leben bedroht, ebenfalls verboten.

Foots These in eine schlüssige Kurzformel gebracht: Eine schädigende Nebenwirkung ist erlaubt und gerechtfertigt, weil und sofern sie Folge des Geschehenlassens ist, nicht aber ist eine

---

38 Siehe dazu Foot, ebd. S. 203.

solche Folge schon deshalb erlaubt, weil sie bloß eine Nebenwirkung der beabsichtigten Hauptwirkung darstellt. Das bedeutet in weiterer Folge, ein *untätiges* Geschehenlassen eines todbringenden Ereignisses, obwohl direkt intendiert als „Mittel zum Zweck", wird in der Regel, was die äußere Verhaltensweise betrifft, moralisch nicht in derselben Weise verurteilt wie die Verletzung der geschuldeten Pflicht, eine Person nicht *aktiv* in Todesgefahr zu bringen. Auch die Rechtsordnung, welche grundsätzlich die Äußerlichkeit des Handelns normiert, folgt dieser Beurteilung. Die strafrechtliche Sanktion fällt relativ bescheiden aus. Der strengere moralische Vorwurf der Missachtung der Würde der Person trifft in diesem Fall nur die dahinterstehende Gesinnung (das ändert sich aber, wenn gegenüber der hilfsbedürftigen Person eine besondere Verantwortlichkeit vorliegt, etwa bei Garantenstellung). Diese Grundeinstellung aber, eine Person zugunsten anderer aktiv oder passiv zu „verbrauchen", ist nach Foot immerhin besonders verwerflich.[39] Die hier zum Tragen kommende Zuständigkeit des Prinzips der Doppelwirkung – welches zu Recht streng verurteilt, jemanden zu *instrumentalisieren*, und sei es auch nur als ein innerliches *Wünschen* – dürfte Foot mit der immerhin noch „untergeordneten Rolle" im Auge gehabt haben. Einen Denkfehler begeht man erst dann, wenn man die Verurteilung der inneren Gesinnung (Motivation) zum Anlass nimmt für eine analoge Verurteilung der äußeren Handlung. Die Pflichtwidrigkeit der Gesinnung muss nicht zusammenfallen mit der Pflichtwidrigkeit der Handlung. Wird Hilfe in Not unterlassen, weil es aus irgendeinem Grunde erwünscht ist, dass jemand stirbt, verletzt man zwar nicht in der Handlungsweise, aber doch in der *Intention* (Wollen) eine vorrangige Achtungspflicht.

---

39 Jemand könnte als Mittel zu einem „guten" Zweck einen Menschen mit voller Absicht sterben lassen. Foot bringt ein Beispiel: „Vielleicht ist er ein Bettler, dem wir etwas zu essen geben möchten, aber dann sagen wir: Nein sie brauchen Körper für medizinische Forschung." Foot, ebd. S. 207.

Die Beispiele, welche Foot in diesem Gesamtzusammenhang diskutiert, betreffen sowohl aktive Handlungen als auch Fälle von Geschehenlassen: Fall (a), ein knappes Medikament wird einem Todkranken vorenthalten, weil in der Zwischenzeit fünf weitere Fälle zu betreuen sind, denen mit je einem Fünftel dieses Medikamentes das Leben gerettet werden kann. Fall (b), Entführer verlangen die Verurteilung und Hinrichtung eines ihrer Feinde. Erfüllt man dieses Verlangen, bleiben mehrere Geiseln am Leben. Fall (c), der Weichensteller könnte umlenken, um damit einer Mehrzahl das Leben zu retten. Ebenso könnten (d) der Lokführer, der Autofahrer, der Pilot, umlenken, damit die Mehrzahl verschon bleibt, Fall (e), es wäre möglich, einen schweren Mann von der Brücke zu stoßen, um den Zug zum Stehen zu bringen. Fall (f), ein Patient könnte getötet werden, um mit seinen Organen mehrere Schwerstkranke zu versorgen. Darüber hinaus ist ein seit 2005 heftig diskutierter Konfliktfall (g) zu erwähnen: Ein vollbesetztes entführtes Passagierflugzeug könnte abgeschossen werden, um einen Atom-Supergau zu verhindern.[40]

In all diesen Fällen ließe sich argumentieren, dass die Differenz von nur *vorhersehen* (Fälle a, c, d) und gezielt *beabsichtigen* (Fälle b, e, f, g) die erstgenannten Fälle rechtfertigt, die letztgenannten aber nicht. So auch im folgenden Fall: Wenn Person X zur Schmerzlinderung Medikamente einsetzt, die bloß vorhersehbar das Leben von Y verkürzen, verstößt sie angeblich nicht gegen das strenge Tötungsverbot. Als Voraussetzung wird genannt (außer der Zustimmung des Betroffenen, sofern er informiert werden kann), dass der frühe Tod nicht direkt gewollt wird, auch nicht als Mittel, sondern als Nebenfolge nur in Kauf genommen wird.

Meiner Ansicht nach zu Recht argumentiert Foot, dass es vielmehr der Unterschied von *Tun und Zulassen* ist, der bei solchen Fällen ausreichend gute Gründe liefert für die differierenden

---

40 Siehe analog das Urteil des Bundesverfassungsgerichtes 2006 in dem Verfahren über die Verfassungsbeschwerde zum § 14 des dt. Luftsicherheitsgesetzes 2005.

Bewertungen. Von dieser Einschätzung ausgehend ist es klar, dass in den Fällen (b) und (e) und (f) das Verbot des Tuns, d.i. des aktiven Tötens (Hinrichten) den Vorrang hat vor dem Zulassen der Geiselerschießung. Im Fall (d) liegen wegen der qualifizierten Garantenstellung zwei gegenläufige Verbotsgründe für aktives Tun vor. Um eine Entscheidung zu rechtfertigen, wäre ein weiteres Kriterium hinzu zu ziehen. Foot schlägt vor, hier auf die unterschiedliche Quantität der Verschonten zu achten:

„Der Fahrer steht vor einem Konflikt negativer Pflichten, da es seine Pflicht ist, den Schaden für fünf Menschen zu vermeiden, und ebenso seine Pflicht, zu vermeiden, einem zu schaden. Unter den gegebenen Umständen ist er nicht zu beiden in der Lage, und es scheint klar, dass er den geringsten Schaden zufügen sollte."[41]

Dabei weiß ich, dass das Quantitätsargument, sofern damit die Erlaubnis oder gar die Verpflichtung zum Umlenken begründet werden soll, umstritten ist und von der geltenden Rechtsordnung zurückgewiesen wird. Nach Foot darf oder soll auch der Weichensteller in Fall (c) umlenken. Das ist allerdings für sie nur dann schlüssig, wenn hierbei kausal keine neue Gefahr initiiert wird. Bei Fall (a) sind zwei konkurrierende Verbotsgründe für das Zulassen gegeben. Hier kollidieren zwei Gründe für Hilfspflichten. Falls es sich gleichzeitig um Garantenpflichten handelt (Arzt – Patient), steht man vor strengen Verboten des „Tuns durch Unterlassen", wobei es beide Male naheliegend erscheint, so viele wie nur möglich zu retten. Ich bin optimistisch, dass dieses Quantitätskriterium einer kritischen Überprüfung standhalten kann. Mir ist auch klar, dass die Variante mit dem Weichensteller weitere Fragen aufwirft. Auf eine besondere Paradoxie muss hier noch hingewiesen werden: Erst das Vorhandensein einer Weiche lässt bei Bremsversagen das drohende Unglück zum Konflikt negativer Pflichten und damit zum möglichen Unrecht werden.

---

41 P. Foot, ebd. S. 206.

In die gleiche Richtung (Bezugnahme zur Mehrheit) weist auch der Versuch, auf das mühevolle moralische In-Pflicht-Nehmen zu verzichten und stattdessen, bloß mit Berufung auf vernünftige *Eigennutzerwägungen* der potenziell Betroffenen, mit einer ursprünglichen und vorweggenommenen Zustimmung (Vorausentscheidung) zur Regel *Die Mehrheit sollte gerettet werden* zu argumentieren. Die Annahme lautet: Unter dem „Schleier des Nichtwissens" (Rawls), welche Rolle bzw. Position man als Handlungsadressat in Fällen wie beim Trolley-Beispiel einnimmt, wäre es für jeden der Arbeiter eher wahrscheinlich, einer von den Fünfen zu sein. Die Chance, bei der Mehrheit zu sein, ist schon per Definition entschieden größer als das Risiko, sich als einzelner Arbeiter auf dem Nebengeleise zu befinden. Damit wäre man eher auf der sicheren Seite.

Skeptiker

Hier sehe ich gleich mehrere Schwierigkeiten. Zum einen stimme ich dir zu, dass das moralische Argument der größeren Quantität einiges Gewicht hat und nicht einfach mit dem bequemen Hinweis, das sei purer Utilitarismus, vom Tisch zu wischen ist. Bedenke aber, die Wahl des „kleineren Übels" ist noch immer ein Übel, das der betroffenen Minderheit auf den Kopf fällt. Hier von Rechtfertigung und Dilemma-Lösung zu sprechen, kann ich noch nicht nachvollziehen. Mit deinem letztgenannten Eigennutz-Argument geht es mir ebenso. Die hinter Rawls „Schleier des Nichtwissens" vorauszusetzende Vorweg-Zustimmung zu dieser „Lastenverteilung" erscheint mir schlecht durchdacht und impliziert für den Verlierer, hier den einen betroffenen Arbeiter auf dem Nebengeleis, keine genuin *moralische* Verpflichtung, sich tatsächlich zu opfern. Er würde sich vielmehr nach Kräften zur Wehr setzen. Erstens gäbe es in diesem Fall keine moralisch relevante Zustimmung in Form einer kategorisch bindenden Vereinbarung, wie es gewöhnlich bei einem Losverfahren in Form eines wechselseitigen Versprechens üblich ist, zweitens stünde die konstruierte Zustimmung von vorneherein unter dem Vorbehalt der Erwartung, als Trittbrettfahrer dieser Regelung einer der Geretteten zu sein. Drittens ist gar nicht einsichtig, warum der gedachte Schleier alle Wahrscheinlichkeiten verdecken darf. Der Umstand, dass die größere Gruppe per Definition mehr statt weniger Menschen umfasst, reicht noch nicht aus, um von vorneherein meine Chance zu erhöhen, ihr im wirklichen Leben anzugehören. Da wird die Verteilung durch ganz andere Parameter bestimmt (Ausbildung zum Spezialisten, betriebliche Struktur etc.).

Im Unterschied zu dir glaube ich auch nicht, dass das Quantitätsargument ausreicht, um im Lokfahrer-Fall guten Gewissens eine Verpflichtung zu begründen. Ich zweifle sogar daran, dass damit eine Erlaubnis zum Umlenken gerechtfertigt werden kann. Zunächst möchte ich aber nach den weiteren Konsequenzen deiner Position fragen. Wenn ich dich recht verstehe, bestehen für dich offene Fragen nur noch dort, wo sich im Konfliktfall nicht schon eine Mehrheit und eine Minderheit gegenüberstehen. Das wäre der Fall in einer Gefahrengemeinschaft und natürlich auch dort, wo die Konfliktparteien der Personenzahl nach gleich sind.

Wäre es nicht zumindest dort angebracht, Entscheidungen durch das *Los* zu suchen? Das wären doch Situationen von Gleichgewichtigkeit, wo dein Quantitäts-Kriterium sowieso nicht greift. Und es besteht eben keine Garantie, dass die Los-Verlierer gewillt sind, ihre Versprechen einzulösen und das Ergebnis der Auslosung auf sich zu nehmen. Es kann sein, dass sie sich weigern. Dürfte *Gewalt* angewendet werden? Wir haben gesehen, einiges spricht dafür und namhafte Kommentatoren befürworten diese Möglichkeit. Es gibt aber in der jüngeren Literatur auch Gegenstimmen. So vertritt z. B. Lothar Fritze die Ansicht, dass dann, wenn Betroffene aus persönlicher Schwäche die an sich akzeptierte Verpflichtung zum Selbstopfer nicht zu tragen imstande sind, die todbringende Gefahrenumleitung abgebrochen werden müsste, andernfalls auch Gegenwehr gerechtfertigt wäre.[42] Fritzes Begründung, dass nicht ohne weiteres Heldentum und aufopfernder Altruismus vorausgesetzt werden dürfen, ist zwar richtig, verwischt aber die Grenzen zwischen- Rechtsansprüchen und erhoffter Mitmenschlichkeit. Zusätzlich ist fraglich, ob es sich bei einer Weigerung immer nur um einen angstbedingten Schwächezustand handeln würde. Es scheint daher zumindest auf dieser Basis keine zufriedenstellende Lösung des konstruierten Trolley-Problems sowie ähnlich gelagerter Konfliktfälle möglich zu sein.

Du hast mit Berufung auf Zoglauer für ein weiteres Argument plädiert, gestützt auf die oben angesprochene Idee der *Verteilungsgerechtigkeit*. Auch damit soll ein Grund für die Relativierung des strengen Tötungsverbotes erreicht werden. Es scheint demzufolge von der Idee der Chancengleichheit und der gerechten Nutzen-Lastenverteilung her *unfair* zu sein, wenn von den Überlebenschancen einer alles und fünf andere nichts bekommen. Das Schaffen einer neuen Gefahr für die eine Person, so ließe sich im Sinne von Zoglauer argumentieren, ist nur im ersten Moment ein purer Schädigungsakt. In Wirklichkeit ist bei dieser Sichtweise das, was als Angriff beschreibbar ist, nur ein Akt der ausgleichenden Gerechtigkeit mittels *Umverteilung*. Vielleicht kann man das Argument folgendermaßen illustrieren: Ist es denn nicht ungerecht, dass, bei Nichtumlenken des Trolleys, das ganze Unheil des unschuldigen Betroffenseins auf die Fünfe und damit auf die Mehrheit fällt? Man stelle sich vor, eine todbringende Gefahr kommt von außen, mit Naturgewalt. Wenn ich die Gefahr verteilen kann, soll ich das? Sollte ich nicht immer alles unternehmen, damit möglichst wenige Menschen betroffen sind? Soll man eine Flutwelle, die eine ganze Stadt bedroht, nicht durch Sprengungen so umlenken, dass nur ein Dorf betroffen ist? Sollte nicht ein *Autofahrer*, der mit Bremsversagen auf eine Menschenmenge zurast, sein Auto umlenken,

---

42 Lothar Fritze, Die Tötung Unschuldiger; de Gruyter 2004; S. 182ff.

damit, um der Fairness willen, nicht viele, sondern nur wenige darunter leiden müssen?

Ich denke aber, dieser Argumentation liegt ohnehin ein Missverständnis zugrunde. Das entscheidende Problem bei diesem Lösungsansatz sehe ich darin, dass eine Mehrzahl von Personen quasi wie eine einzige *Gesamtpersönlichkeit* betrachtet wird, von der sich aussagen ließe, dass *sie* ungerechterweise allzu viele Lasten, Nachteile und im speziellen Fall, Tötungsfolgen auf sich zu nehmen hätte. In Wirklichkeit lebt jeder sein eigenes Leben und stirbt doch jeder seinen „eigenen" Tod. Und mit jedem stirbt eine ganze Welt. Hier kann man nicht addieren. Der Umstand, dass gerade beim Beispiel „Autofahrer" und ähnlichen Fallstudien Raum bleibt für Sophistereien jeder Art (was ist, wenn der Autofahrer das Lenkrad unabsichtlich nur ein wenig verreißt, ändert das sofort die Gesamtsituation?) und unsere Alltagsmoral von der Idee der „Nebenwirkung" und des „kleineren Übels" her geneigt ist, das Umlenken zu befürworten, ändert nichts daran, dass hier, genau genommen, eine Inkonsequenz vorläge.

Ich will aber zugestehen, wir sind vielleicht bei bestimmten Fallsituationen wiederum vorschnell von der Gegebenheit bzw. der Unausweichlichkeit einer Kollision *gleichrangiger* Handlungsalternativen ausgegangen. Es liegen möglicherweise noch nicht alle Karten auf dem Tisch. Steht denn hier wirklich mit derselben Gewichtigkeit und Vorsätzlichkeit Schädigen gegen Schädigen? Existieren nicht in den Situationen, wo Menschen durch Menschen zu Schaden kommen, immer auch normrelevante Unterschiede? Und überhaupt, was spricht eigentlich zwingend dafür, dass Hilfe in Not gegenüber dem Vermeiden einer Schädigung als zweitrangig zu gelten hat?

In der *deontologischen* Ethik, die sich an der Differenzierung des Kantischen Pflichtbegriffes orientiert, verspricht man sich beim Problem von kollidierenden Handlungsgründen viel von jener unterschiedlichen Bewertung von *Tun und Geschehenlassen*, wie sie auch faktisch immer wieder unsere moralischen Entscheidungen mitbestimmt. Dieses normative Gefälle versucht doch auch der große Kant in seiner Lehre vom Kategorischen Imperativ zu rechtfertigen. Er gründet darauf, soviel mit bekannt ist, seine vielzitierte Einteilung der Pflichten in *schuldige* Rechtspflichten und *verdienstliche* Tugendpflichten. Man sagt, er versuche, unsere gewohnten Pflichtvorstellungen als Autonomie eines vernunftgeleiteten Wollens darzustellen, systematisch zu ordnen und in der Idee der „Würde" eines freien Wesens, das zur Moralität fähig sei (Mensch als „Zweck an sich"), neu zu fundieren. Daher, so behaupten die Anhänger der Kantischen Moralphilosophie, wäre es weder zufällig noch willkürlich, dass unser Pflichtbewusstsein, in bester Übereinstimmung mit der Kantischen Tradition, in der Regel Schädigen strenger verurteile als das Unterlassen von Hilfe.

Gerade diese alltägliche moralische Grundeinstellung macht das überraschende Urteil bei den zahlreichen Umfragen zum Trolley-Problem, der Passant dürfe, ja solle, den Trolley umlenken, um anderen zu helfen, so heikel und seine Rechtfertigung so schwierig. Bevor wir weiter über das eigenartige Ergebnis der Befragung diskutieren, wäre es an der Zeit, sich einige Gedanken zu machen, welche Entscheidung bei der Befragung eigentlich zu erwarten gewesen wäre und auf welche Gründe sich diese Erwartung stützen dürfte. Anders gefragt, was kann denn eigentlich, mit oder ohne Kant, der unterschiedlichen Wertung von Schädigen, in unserem Fall Töten und Verweigerung von Hilfe in Not, als Legitimation zugrunde gelegt werden?

Schädigen (Töten) schlimmer als Hilfeverweigerung
(Sterbenlassen): I. Kant; Bestätigung durch
Goldene Regel

Optimist

Wieso aktiv *Schädigen* moralisch schlimmer ist? Ich will versuchen, mit Rückgriff auf Kant eine Antwort zu formulieren: weil es Handlungsmöglichkeiten einschränkt oder zerstört. Greife ich Handlungsmöglichkeiten, Eigentum, Freiheit, Leben an, starte ich einen schädigenden Vorgang. Ich *entziehe* der Person etwas, was für sie notwendig und eigentümlich ist für die Realisierung von selbstbestimmtem Leben. Dagegen, verweigere ich Hilfe, *belasse* ich sie in ihrem Zustande. Das bedeutet auch, die Nichtschädigung durch Mitmenschen ist *primäre Voraussetzung* für ein selbstbestimmtes Leben. Das gilt aber nicht umgekehrt. Deshalb ist erste Pflicht in der Notsituation, sich des zusätzlichen Schaden-Zufügens zu enthalten. Respektiere ich aber dasjenige, was jemand schon hat und was er ist, setze ich nicht notwendig voraus, dass ich ihm auch noch helfe. Kant hat mit großem Aufwand zu vermitteln versucht, dass dem Menschen als Wesen von freier Selbstbestimmung *Würde* zukommt und dass hier die Grundlage moralischer Verpflichtungen zu finden ist. Insofern sich daraus als oberster moralischer Grundsatz ableiten lässt, dass der Mensch als freies zwecksetzendes Wesen kategorisch zu achten sei, steht man unmittelbar vor jener Einteilung der moralischen Pflichten in schuldige und verdienstliche (lobenswerte) Pflichten. Die moralische Zumutung, den Menschen als „Zweck an sich" oder als „Selbstzweck" zu achten, hat nämlich in sich die *Doppelbedeutung* von Selbstbeschränkung und Respekt auf der einen Seite, sowie von Schutz und Beförderung auf der anderen Seite. In der mehr populäreren Menschheitsformel des Kategorischen Imperatives ist diese Einteilung bereits grundgelegt:

„Handle so, dass du die Menschheit, sowohl in deiner Person, als auch in der Person eines jeden anderen, jederzeit zugleich als Zweck, niemals bloß als Mittel brauchest."

In weiterer Folge ergibt sich daraus für Kant:

„Nun würde zwar die Menschheit bestehen können, wenn niemand zu des anderen Glückseligkeit beitrüge, dabei ihr aber nichts vorsätzlich entzöge; allein es ist dieses doch nur eine negative und nicht positive Übereinstimmung zur Menschheit, als Zweck an sich selbst, wenn jedermann auch nicht die Zwecke anderer, so viel an ihm ist, zu befördern trachtete"

Mit ähnlichem Wortlaut, aber etwas deftiger, heißt es an anderer Stelle, dass bei Beachtung bloß schuldiger Pflichten das Menschengeschlecht durchaus bestehen könnte –

„… und ohne Zweifel noch besser, als wenn jedermann von Teilnehmung und Wohlwollen schwatzt, auch sich beeifert, gelegentlich dergleichen auszuüben, dagegen aber auch, wo er nur kann, betrügt, das Recht des Menschen verkauft, oder ihm sonst Abbruch tut."[43]

Daraus ergibt sich, dass Hilfe in Not nicht ohne vorausgehende Rücksicht auf etwaige schuldige Pflichten des Nichtschädigens geleistet werden darf. Achtung eines Subjekts autonomer Zwecksetzung bedeutet damit primär: tolerieren und seinlassen, nicht berauben oder hintergehen, nicht behindern und nicht verletzen

---

43 Siehe I. Kant, Grundlegung zur Metaphysik der Sitten, Ausg. Weischedel, S. 54 u. 63.

oder gar das Leben nehmen etc. Diese Normen lassen sich zusammenfassen in die für P. Foot und andere moderne Philosophen[44] richtungsweisenden Prinzipien des Autonomierespekts und des Nichtschädigens.

Achtung als „negative Zusammenstimmung" mit fremder Selbstbestimmung ist somit als grundlegende Koexistenz-Bedingung die erste Voraussetzung eines gelingenden *guten* Lebens. Als zweite Bedingung folgt sodann die positive Zusammenstimmung, wenn Hilfe und Beistand benötigt werden. Dass einem nichts genommen wird, der freie Wille nicht missachtet wird, ist *erste Bedingung*; dass geschützt, geholfen und gegeben wird, die *zweite Bedingung*. Man könnte hier von einer Stufenfolge sprechen, die übrigens auch noch die Hilfe in Not weiter differenziert in: a) Beistand, damit durch andere nicht geschädigt wird, und b) Beistand als zusätzliche Bereicherung (Glücksförderung).

Diese *negative Übereinstimmung* mit der Selbstbestimmung anderer ist somit notwendige Bedingung für ein friedliches und geordnetes Zusammenleben. Ihr gebührt der Vorrang.[45]

Skeptiker

In diesem Zusammenhang bist du mir noch die Erklärung schuldig, wieso es nicht möglich ist, deine Argumentation kurz und bündig auf die beliebte *Goldene Regel* (GR) zu reduzieren. Dabei weiß ich natürlich, dass diese Regel verschiedene Formulierungen kennt und überhaupt interpretationsbedürftig ist. Eine einleuchtende und einprägsame Formulierung erhielt, so-

---

44 Grundlegend vor allem T. Beauchamp und J. Childress: Principles of Biomedical Ethics; 6. A. 2008.
45 Eher skeptisch gegenüber der üblichen normativen Differenzierung von Tun und Geschehenlassen, weil mehr an der Folgengleichheit orientiert, die Position von D. Birnbacher in: Tun und Unterlassen; 1995.

viel ich weiß, jenes „Was du nicht willst, dass man dir tue [...]" usw. durch *Leonhard Nelson*. Er nennt es Prinzip der gerechten Interessenabwägung:

„Handle nur so, als ob die Interessen der von deiner Handlungsweise Betroffenen zugleich auch deine eigenen wären."[46]

Hier würde man die Zwecke anderer so behandeln, als wären sie zugleich *auch* die eigenen. Das entspricht offenbar dem Sinn von Kants Kategorischem Imperativ sowie dessen Idee, dass der Mensch freies Subjekt von Zwecken, Zweck an sich sei. Kant selbst kritisiert allerdings die GR als unfähig, schuldige und verdienstliche Pflichten zu begründen.[47] Das hat aber seinen Grund darin, dass er in seiner oft zitierten Fußnote die mitgeforderte Lagevertauschung (Universalisierung) nicht ausreichend berücksichtigt. Ich frage daher, ließe sich dein Ergebnis auch durch die GR bestätigen?

Optimist

Die Vorrangigkeit des Gebotes „Nicht – töten!" vor dem Gebot „Helfen in Lebensnot!" scheint tatsächlich im Konfliktfall durch die Goldene Regel legitimierbar zu sein. Denn, mit dem Unheil konfrontiert, dass ein Tyrann dich vor die Wahl stellt, getötet zu werden oder aber aufgrund von Hilfsverweigerung (ebenso schmerzlos) zu sterben, würde man wohl die zweite Variante vorziehen. Wenn nun die natürlichen Umstände dem moralisch Handelnden eine ähnliche Wahl aufzwingen und dieser vor der Frage steht, darf ich töten, um das Leben anderer zu retten, dann kann er versuchen, sich in die Präferenzen der Betroffenen einzufühlen und von daher moralisch zu urteilen.

---

46 Leonard Nelson, Kritik der praktischen Vernunft; 1916, S. 132.
47 Siehe dazu I. Kant, ebd., S. 62, Anm.

Im Sinne einer unparteiischen Interessenabwägung stellt sich also für das Entscheidungssubjekt die Frage: Wie würden nach meiner Einschätzung die Betroffenen selbst ihre jeweils eigenen Interessen gewichten, wenn sie selbst nur die Wahl hätten zwischen beiden misslichen Optionen (nämlich getötet zu werden oder nicht gerettet zu werden)? Es würde sich aus der Überlegung „Was du nicht willst und wählst, wenn du dir vorstellst, die Interessen aller von deinem Handeln Betroffenen wären *zugleich* auch deine eigenen, das sollst du ihnen nicht antun!" wahrscheinlich ergeben, dass man selbst lieber auf Überlebenshilfe verzichtet, anstatt brutal getötet zu werden. Man empfindet es als einen tiefergehenden Eingriff in die eigenen fundamentalen Lebensmaximen, wenn einem von Mitmenschen gewaltsam und gegen den Willen das Leben *genommen* wird, als wenn einem bloß *verweigert* wird, was man zum Leben braucht.

Diese individuelle Präferenz deckt sich auch mit der normativen Bewertungsdifferenz von Tun und Geschehenlassen und deren Charakterisierung als primäre und sekundäre Bedingung von Überleben. Bei Anwendung der GR als Kriterium unparteiischer Abwägung kollidierender Interessen von *multilateral* Betroffenen kommt diese Differenzierung ebenfalls zum Vorschein. R. Hare bewertet diese utilitaristisch geprägte Form der Interessenabwägung als durchaus sinnvoll.[48] Und da sehe ich doch wieder ein Problem, denn multilateral geurteilt könnten das Schädigungsverbot und überhaupt schuldige Verpflichtung durch die Aufsummierung schlimmer Folgen relativiert und in Frage gestellt werden. Wie schon gezeigt, entgeht Hare durch seinen „Trick", die intuitive und die kritische Ebene moralischen Denkens zu unterscheiden, vorerst dieser Konsequenz.

---

48 R. Hare, der bekennt, Leonard Nelson gelesen zu haben, argumentiert in diesem Sinne: „Konflikte zwischen Präferenzen verschiedener Personen lassen sich somit in der gleichen Weise behandeln wie Konflikte zwischen den Präferenzen einer einzigen Person. Die sich so ergebende Methode ist utilitaristisch." In: Moralisches Denken, S. 24.

Skeptiker

Nun gut. Die Vorrangigkeit des Tötungsverbotes erscheint auch durch die Goldene-Regel-Philosophie bestätigt zu sein. Der Lokführer als Garant dafür, dass sein Zug keine Gefahrenquelle wird, steht also nach Foot zwischen zwei negativen Pflichten, also zwischen zwei gleichrangigen Verboten des Schädigens. Daher dürfe der Fahrer letzten Endes umlenken. Trotzdem befürchte ich noch immer eine andere Inkonsequenz. Denn im Widerspruch dazu äußert Foot anschließend:

„Interessanterweise wiegt sogar das Vorliegen einer stärksten Pflicht zu aktiver Hilfe nicht so schwer wie eine bestehende negative Pflicht. Es ist beispielsweise [einem Vater; d.A.] nicht erlaubt, einen Mord zu begehen, um seinen hungernden Kindern Lebensmittel zu verschaffen."[49]

Auch dem Vater kommt in diesem weiteren Fallbeispiel von Foot Garantenstellung zu. Und auch hier könnte zusätzlich das Quantitätsargument von Foot ins Treffen geführt werden. Trotzdem würde in diesem Fall dem strengen Verbot, zu töten, um Leben zu retten, nicht nur von den geltenden Rechtsordnungen, sondern gewöhnlich auch von Ethik und Alltagsmoral der Vorrang eingeräumt. Warum ist das so? Es passt in das Konzept, wenn im Allgemeinen (im Sinne von Kants Unterscheidung von Rechts – und Tugendpflichten) den Hilfspflichten vergleichsweise der Status der Nachrangigkeit zukommt. Daher muss, um beim „Trolley" zu bleiben, das Umlenken durch den Zugführer, um erlaubt sein zu können, als ein Vermeiden von Schädigen statt als Hilfeleistung interpretierbar sein, sonst widerspricht sich das Pflichtbewusstsein. Denn nur so steht Schädigungsverbot gegen Schädigungsverbot. Moral und das Recht kennen, wie oben angedeutet, das Delikt *„Tun durch Unterlassen"* primär dort, wo dem Pflichtsubjekt gegenüber dem Rechtssubjekt eine *Garantenstellung* zukommt.

---

49 Ph. Foot, ebd. S. 206.

Diese besitzt der Bahnfahrer, diese hat aber auch der Vater im Beispiel von P. Foot. Aber wieso steht nicht auch der Vater mit seiner „stärksten" Hilfepflicht zwischen zwei negativen Pflichten? Hier müsste doch ebenfalls ein „Schädigen durch Unterlassen" Realität sein. Setzt nicht auch der Vater seine an Hunger leidenden Kinder (im Extremfall) einer todbringenden Gefahr aus, wenn er nichts unternimmt? Sobald man ein Unterlassen dem Tun gleichsetzt und in der Rechtsordnung gleichermaßen ahndet, würde er auch ein Verbot des Schädigens verletzen und nicht nur (aber zusätzlich auch) ein Gebot des Helfens.

Von daher sehe ich bei diesen Fallbeispielen die logische Notwendigkeit der unterschiedlichen Beschreibung noch nicht klar: dort Schädigung, hier Hilfeunterlassung. Wird hier nicht eine sachliche Frage durch eine Wortwahl (P. Foot: „stärkste Pflicht zu aktiver Hilfe") vorentschieden? Damit hätte man eine einfache Lösung der Art, dass beim Lokführer etwas gilt, was beim Vater nicht gilt, obwohl auch er Garantenstellung hat.

Unterschiedliche Garanten-Verpflichtungen;
Vater-Beispiel; Tun durch Unterlassen;
Lokführer darf die Weiche umstellen, nicht aber der
Weichensteller

Optimist

Natürlich muss man darauf achten, dass das mögliche Eingreifen nicht vorschnell und beliebig *auswechselbar* entweder als Hilfeleistung oder als Nichtschädigen definiert wird, weil sich dabei assoziativ unterschiedliche Gewichtungen ergeben. Du hast dich soeben auf die rechtliche Gleichstellungsklausel bezogen. Die Rechtsordnung unterscheidet zwischen *echten* und *unechten Unterlassungsdelikten*. Die sogenannten „unechten" Unterlassungen werden als „begehungsgleich" mit Handlungsdelikten gewertet. So wird vorsätzliches Verhungern-Lassen eines nahen Angehörigen einer vorsätzlichen Tötung gleichgesetzt und auch dementsprechend geahndet (öst. § 2 StGB). Fremden gegenüber, die einem gleichgültig sind, verletzt man dagegen nur die weniger strenge Pflicht zur Hilfe in Not und missachtet dabei eine spezielle gesetzliche Regelung („echtes" Unterlassungsdelikt; öst. § 94 StGB). Aus der Sicht von Foot wird beim Lokführer und beim Vater zumindest vordergründig mit zweierlei Maß gemessen. Foot belässt es bei diesem „überraschenden" Faktum. Es lässt sich aber zeigen, das hat durchaus seinen guten Grund.

Machen wir den Versuch, Argumente zu finden, welche eine unterschiedliche Situationsbeschreibung und damit auch eine unterschiedliche Tatbeschreibung nahelegen. Der *Fahrer* ist zwar nicht verantwortlich für das nicht vorhersehbare Bremsversagen, aber es ist *sein* Zug. Er muss darauf vorbereitet sein, bei einem Gebrechen eine Gefahr für andere möglichst abzuwenden. Das liegt in seiner Verantwortung. Diese Garantenstellung kommt ihm *unmittelbar* zu, von Berufs wegen, und sie muss ihm nicht erst per Gesetz zugeordnet worden sein. Er ist in derselben Position wie der *Autofahrer* mit Bremsversagen. Man wird sagen, er fügt den Fußgängern auf dem Gehsteig Schaden zu, er „tötet" sie sogar, wenn er nicht wenigstens versucht, sein Auto in eine andere Richtung zu bringen. Der Zug, das Auto, sie werden sonst zum verlängerten Werkzeug einer aktiven Schädigung. Nicht anders ist der Hundebesitzer zu beurteilen, wenn er nicht versucht, seinen rasenden Hund zu bändigen. Das hat zur Folge, dass die Verantwortlichen hier unmittelbar und durch Unterlassen schädigen, wenn sie nicht eingreifen. Der lenkende Autofahrer zum Beispiel wird Mitverursacher des todbringenden Fahrzeuges. Denn er hat es nicht nur in der Hand, die bestehende Gefahr abzulenken. Er *ist*, wenn er nicht umlenkt, diese Gefahr selbst in Einheit mit seinem Fahrzeug. Er ist daher, in der Juristensprache, *Bewacher-Garant*. (dazu ausführlicher S. 121f.; vgl. auch Anm. 64.)

Dagegen ist der *Vater* nicht derart unmittelbar mit dem bedrohlichen Ereignis verbunden. Er sitzt, bildlich gesprochen, nicht als ein Verantwortlicher auf einem Lebensmittelzug, der an den verhungernden Kindern vorbeizurollen droht. Er steht dem Ereignis von außen und unbeteiligt gegenüber, d. h. er ist nicht Teil davon, hat nur als *Beschützer-Garant* mit den Worten Foots die „stärkste Pflicht", Hilfe zu leisten. Für den Fall, dass man auch beim Vater ein Tun durch Unterlassen behaupten will und daher dieses Unterlassen dem entsprechenden Begehungsdelikt *gleichsetzt*, bleibt es zweifelhaft, ob es richtig sein kann, hier in gleicher Unmittelbarkeit wie beim Lenker von einem „Schädigen" zu sprechen. Diese Ungleichheit kann ausreichen, um den Bewertungsunterschied verständlich zu machen.

Bei beiden Trolleys-Varianten von Foot stehen wir aber vor der gegenteiligen Tatsache, dass die Lösungsvorschläge gleichlautend ausfallen, die Begründungen aber differieren. Vergegenwärtigen wir uns nochmals die beiden Varianten. Zwischen den einschlägigen Publikationen liegen nahezu zwei Jahrzehnte. In der älteren Abhandlung ist es der Lokführer, der die Fünfe vor lebensbedrohlichem Schaden bewahrt, wenn er umlenkt. Dort spricht Foot noch von den zwei „negativen Pflichten", die sich konkurrieren, weil der Fahrer eine besondere Garantenpflicht hat. Im nachfolgenden Aufsatz ist es darüber hinaus irgendjemand, sei es der bedienstete *Weichensteller*, sei es der zufällige Passant, der ebenfalls umlenken darf, weil es sich auch nur um ein *Umlenken* der schon bestehenden Gefahr handelt, nicht um ein ursprüngliches Erzeugen einer neuen für das Nebengeleise. Sie weiß, hier könnte sich sonst ein Erklärungsnotstand ergeben:

„Man könnte sagen, ich könne gewisse Beispiele schlecht erklären, in denen eine Intervention als zulässig und sogar verpflichtend erscheint, durch die Menschen, die bisher nicht in Gefahr sind, gefährdet werden, um andere Gefährdete zu retten. Folgendes Beispiel wird erörtert: Eine Straßenbahn habe sich selbstständig gemacht...jemand könne die Weiche so stellen, dass die Bahn auf ein Gleis rollt, auf dem nur ein Mensch steht...Die Antwort scheint zu lauten, dass dies ein besonderer Fall ist, insofern es sich um die Umlenkung einer tödlichen Abfolge handelt und nicht die Ingangsetzung einer neuen."[50]

Was diesen Vergleich von Variante 1 und Variante 2 und deren Lösungen betrifft, meint *Zoglauer* beschwichtigend, dass es moralisch keinen Unterschied macht, ob die verantwortliche Person als Fahrer in der Bahn sitzt oder ob ein Außenstehender die Weiche bedient.[51] Das ist aber alles andere als einsichtig. Man muss also beim diskutierten Trolley-Problem grundsätzlich unterscheiden: a) den Lokführer-Fall und b) den Weichensteller-Fall. Noch dazu

---

50 Ph. Foot, 1984, Killing and Letting die. In J. Garfield, ed Abortion: Moral and Legal Perspectives, dt. in: Ph. Foot, Die Wirklichkeit des Guten; hg. v. U. Wolf u. A. Leist, 1997, hier S. 193.
51 T. Zoglauer, Tödliche Konflikte, S.91.

hat, genau genommen, der bedienstete Weichensteller einen anderen Stellenwert als der zufällige Weichensteller (Passant). Foot bezieht sich offensichtlich in der zitierten Variante 2 auf den außenstehenden Passanten. Die Idee bei Foot war jedenfalls in Variante 1 die, dass der Lokführer voll *gerechtfertigt* umlenken darf oder sogar soll, um nicht eine Mehrzahl zu schädigen, wobei aber die einzelne Person getötet wird.

Bei der späteren Variante 2 wird vom zufälligen Weichensteller Hilfe geleistet mittels Gefahrenabwehr, wobei ebenfalls die einzelne Person getötet wird. In diesem zweiten Fall würde es sich um bloßes *Ablenken* einer bestehenden Gefahr handeln, was aber dann in seiner Auswirkung nicht als Akt der aktiven Schädigung zu gelten habe. Der Vorrang des Verbots aktiven Schädigens kommt für sie erst dort zum Tragen, wo eine bedrohliche Kausalkette *neu* initiiert wird. Foot ist also der Meinung, das Problem des Weichensteller-Falles lösen zu können, ohne dabei den Vorrang des Schädigungsverbotes gegenüber dem Rettungsgebot in Frage stellen zu müssen.

Was bei Foot zu dieser Neuinterpretation geführt haben kann, scheint damit klar zu sein. In der früheren Version von Foot (Lokführer) gilt das Umlenken als Verstoß gegen das Verbot des Tötens. Es war nur deshalb erlaubt, weil die Alternative ebenfalls einem Töten gleichkommt. Es ist ersichtlich, dass hier grundsätzlich Wahlfreiheit zugestanden werden müsste. Dabei sollte es in Folge auch erlaubt sein, wie Foot argumentiert, das Quantitätsargument als sekundäres Kriterium in die Entscheidung mit einzubeziehen. Vielleicht versuchte sie in der späteren Variante den überraschenden Umfrageergebnissen, die durch die Diskussion rund um die Zusatzversion von J. Thomson (Weichensteller-Fall gegenüber Dicker-Mann-Fall) provoziert wurden, gerecht zu werden. In der Variante „Lokführer" musste sie Schädigen gegen Schädigen abwägen. Beim Dicker-Mann-Fall und ebenso beim Weichensteller-Fall steht dagegen zur Abwägung: Hilfe unterlassen oder aktiv töten. Die Idee, dass das *Umlenken* einer Gefahr durch einen Nichtgaranten („jemanden"; „zufälliger Passant") nicht notwendig mit Schädigen gleichzusetzen wäre, bewahrt sie vor der unangenehmen Konsequenz, sich entweder Widersprüchlichkeit oder aber Kontra-Intuition vorwerfen zu lassen. So konnte sie vermeiden, den Weichensteller-Fall analog zum Dicker-Mann-Fall entscheiden zu müssen.

Skeptiker

Es scheint tatsächlich unvermeidlich zu sein, dass, in Hinblick auf die Weichensteller-Version von Foot, eine Reihe von Fragen unbeantwortet bleiben. Vor allem, wenn man ihre Lösung mit der Idee der bloßen Gefahrenumlenkung als nicht stichhaltig zurückweisen muss, aber zugleich der drohenden Inkonsequenz im Vergleich zur intuitiven Entscheidung beim Dicker-Mann-Fall aus dem Weg gehen möchte. Denn darf ich als Passant wirklich umlenken, *wenn* ich es zugleich für verboten erachte, als Zeuge des drohenden Unglücks den dicken Mann auf der Brücke zu opfern? Soll ich den dicken Mann verschonen, wenn ich es zugleich für erlaubt halte, den Zug umzulenken? Die Moralphilosophie kann nun versuchen, entweder die unterschiedlichen Handlungsbewertungen trotz gleicher Folgen dennoch zu rechtfertigen, oder aber die eine oder andere als eine fragwürdige Überzeugung richtigen Handelns zurückzuweisen.

Das Befragungsergebnis zum Fall „Dicker Mann auf der Brücke" ist jedenfalls ein solches, welches durch die alltagsmoralisch übliche Bewertungsdifferenz von Tun und Unterlassen, von Schädigen und Nichthelfen, verständlich gemacht werden kann: Töten gilt gegenüber Sterbenlassen in der Regel als moralisch schlechter. Nicht ohne Weiteres steht damit in Einklang die gängige Beurteilung im Fall des zufälligen Weichenstellers, obwohl doch die sachlichen Rahmenbedingungen durchaus vergleichbar sind: In beiden Fällen war zu entscheiden, ob zugunsten einer Mehrzahl *aktiv* gehandelt werden darf, jeweils mit Todesfolge für einen Unschuldigen. Denn wie man weiß, im ersten Fall wertete man mit „verboten", im zweiten Fall mit „erlaubt".

Eine in sich schlüssige Antwort ergäbe sich wiederum durch das Prinzip der Doppelwirkung. Man könnte damit auf elegante Art und Weise rechtfertigen, in dem einen Fall die fünf Gleisarbeiter zu retten und im anderen Fall die fünf Gleisarbeiter sterben zu lassen. Im ersten Fall (Umlenken) wäre der Tod des Arbeiters auf dem Nebengeleise nur als eine in Kauf genommene Nebenwirkung zu werten, dagegen würde der dicke Mann als Mittel zum Zweck direkt instrumentalisiert. Das ändert aber nichts daran, dass dieses PdDW in der Ethik höchst umstritten ist und wohl kaum ein geeignetes Kriterium darstellt, um ein aktives Schädigen zu rechtfertigen. Schade nur, dass dieses populäre Kriterium nicht hält, was es verspricht.

Optimist

So sehe ich es. Ich fasse noch einmal zusammen, welches Gesamtergebnis mir aufgrund unserer bisherigen Diskussion vernünftig erscheint: Edward, als der verantwortliche Lokführer, *darf* jedenfalls umlenken! So sehe ich es. Aber nicht deswegen, weil der Tod des Einen nur eine in Kauf genommene Nebenwirkung der Gefahrenabwehr darstellt, sondern weil hier zwischen zwei gleichrangigen Verboten entschieden werden muss. Die Version 1 von Foot behält ihre ursprüngliche Plausibilität und bietet sich als eine der Situation angemessene Dilemma-Lösung an. Angemessen wäre aber ebenso die Weiterfahrt auf dem Hauptgeleise. Lässt man den Hinweis auf die größere Zahl der vom Trolley Verschonten als entscheidendes Argument gelten, dann *sollte* er sogar umlenken. Ansonsten bleibt es beim Dürfen. Der Autofahrer mit Bremsversagen befindet sich in einer dem Lokführer vergleichbaren Situation. Das bloße *Dürfen* impliziert aber, dass es eigentlich *gleichgültig* sein müsste, wie er sich entscheidet. Ich vermute aber, dass sich daraus für einen Skeptiker wie dich erneut Schwierigkeiten ergeben. Hier ist noch eine letzte „Nagelprobe" ausständig.

Ein *Passant,* in der zufälligen Funktion als Weichensteller, steht dagegen nicht vor der Entscheidung zwischen zwei negativen Verpflichtungen. Er hat zu entscheiden zwischen Hilfepflicht und Schädigungsverbot und darf, strenggenommen, aus diesem Grund (entgegen der Auslegung von Foot) *nicht umlenken.* Sowieso gehen juristische Kommentare davon aus, dass die Rechtsordnung ein bloß in Kauf genommenes, aber doch wissentliches Schädigen, in diesem Fall das Vernichten von Existenz bzw. Existenzgrundlagen verbieten muss, auch wenn dadurch das Leben einer Mehrzahl von Menschen gerettet werden könnte.

Skeptiker

Ich denke, du hast einige wesentliche Probleme ausgeblendet. Meinen ursprünglichen Verdacht, dass Unrecht nicht vermieden werden kann, konntest du noch nicht widerlegen. Du hast erwähnt, dass die *Rechtsordnung* gegen das Umlenken des Zugführers votieren würde. Interessanterweise nicht nur mit dem Argument, dass hier ein aktiver Schädigungsakt vorliege. Es wird zusätzlich darauf Wert gelegt, dass Menschenleben nicht gegeneinander *abzuwiegen* und verrechenbar seien. Der Wert von Menschenleben ließe sich nicht addieren, weil jedes Menschenleben ohnehin schon absoluten Wert hätte. Man wird belehrt, fünf Menschenleben seien nicht mehr wert als eines. Das ist doch ein gewichtiges Argument, das wir noch näher prüfen sollten. Wird damit nur behauptet, dass die Berufung auf eine große Zahl Hilfsbedürftiger das Tötungsverbot nicht zugunsten des Rettungsgebotes außer Kraft zu setzen vermag? Oder wäre die Idee der Verrechenbarkeit grundsätzlich abzulehnen, also auch dann, wenn es sich, wie im Fall Lokführer, um eine Kollision von Unterlassungspflichten (Tötungsverboten) handelt?

Der absolute Wert menschlichen Lebens kennt kein mehr oder weniger, wohl aber die Anzahl der Unrechtshandlungen.

Optimist

Ich halte die These der Nicht-Verrechenbarkeit des absoluten Wertes menschlichen Lebens für missverständlich. Erstens muss man Acht geben, dass man nicht in die Aporien bestimmter Wertethiken hineingerät. Einen „absoluten Wert" zu haben bedeutet doch nur, primärer Gegenstand von kategorischer Verpflichtung zu sein. Der Wertbegriff ist hier keine unabhängige, dem Pflichtbegriff vorgelagerte Größe. Sie definieren sich wechselweise. Das heißt, vom „Wert" besteht in Richtung „Pflicht" in Wahrheit kein lineares Ableitungsverhältnis. Das im Detail zu erörtern, würde hier zu weit führen. Zweitens scheint doch evident zu sein, dass es im Normalfall besser und daher auch geboten ist, nach Möglichkeit mehrere statt nur eine Person aus einer Notlage zu befreien. Das Argument ist nicht plausibel, dass man bei Menschenleben auf gar keinen Fall quantifizieren dürfe. Zwar kann man einen *absoluten Wert* nicht mehr steigern, wohl aber kann sinnvoll von einer Mehrzahl von individuellen Wesen mit eben dieser Wertzuschreibung, die Personen als primäre „Pflicht-Adressanten" charakterisiert, ausgegangen werden. Fünf Menschen sind so zwar nicht *mehr* wert als ein Mensch. Obwohl jeder einzelne für sich Adressat meiner Verpflichtung ist und nicht eine anonyme Quantität, muss man trotzdem von einer relevanten Vervielfachung individueller Rettungspflichten ausgehen.

Ich meine daher, auf ein und derselben Verpflichtungsebene (auf der Ebene des Schädigungsverbotes und auf der Ebene des Hilfegebotes) darf man, ja soll man quantifizieren. Was nun das Verhältnis dieser beiden Ebenen betrifft, so liegt es einerseits auf der Hand, dass man durch Verschonen wie durch Unterstützen gleichermaßen Leben bewahrt. Sowohl beim Töten wie beim Sterbenlassen ist der Mensch „Herr über Leben und Tod" und muss sich verantworten.[52] Trotzdem gibt es andererseits

---

52 Siehe D. Birnbacher, a. a. O. S. 117.

gute Argumente für *Grade* von Verantwortlichkeit. Wir sollten uns inzwischen einig sein, wo sich schuldige Pflichten und verdienstliche Pflichten (d. i. jedermanns Hilfepflichten) gegenüberstehen, müsste die Entscheidung sowieso den Vorrang der schuldigen Pflichten respektieren. Die Quantität braucht dort kein Kriterium sein.

Skeptiker

Es existieren also in deinen Augen für jede moralische Konfliktsituation letztendlich wahrheitsfähige Entscheidungskriterien, auch wenn sie nicht für jeden offenkundig sind? Wenn du dieser Meinung bist, dann räumst du bloß ein, dass Dilemmata nur in dem schon erwähnten weiteren Sinn nicht zu leugnen sind. Sie würden sich somit beschränken auf die erwähnten Gewissensbisse im Zusammenhang mit erworbenen moralischen Dispositionen (Hare), auf die emotionale Ebene des Mitgefühls und der kausalen Mitverantwortung, auf den Bereich der Irrtumsanfälligkeit in der Situationseinschätzung und auf die Grenzen persönlicher Machbarkeit. Es bestünde bei diesen oft tragischen Situationen das Dilemma nur darin, dass man trotz bestem Wissen und Gewissen direkt oder indirekt Mitverursacher am *Unglück* anderer wird. Und es läge die belastende Situation unter Umständen in der Schwierigkeit, nicht zu wissen, ob in der Situation hier und jetzt bestimmte moralische Ansprüche der Fall sind, und außerdem nicht sicher zu sein, ob man mit seinem gutgemeinten Handeln mehr nützt oder mehr schadet.

Und trotzdem bin ich sicher, dass, so paradox es klingen mag, sogar ein in deinem Sinn begründetes Tundürfen verknüpft sein kann mit einem Zufügen von *Unrecht*. Damit bestünde eine Asymmetrie zwischen Rechtfertigung durch die Gesamtsituation („Man kann nicht alle schonen!") und der Rechtfertigung für ein betroffenes Individuum, das unverwechselbar sein je eigenes Leben führt und um seinen Tod weiß („Warum soll gerade *ich* es sein?"). Das seiner selbst bewusste einzelne Individuum lässt sich kaum überreden, deine Idee der Vervielfachung der absoluten Schonungspflichten als Begründung für seine Opferung am Nebengeleise anzuerkennen. Dein Optimismus beruhigt mich nicht und leuchtet mir nicht ein.

Optimist

Jetzt sollten wir einmal Luft holen und uns daran erinnern, wovon oben (S. 38f.) schon die Rede war, nämlich, dass wir es hier nur mit Gedankenexperimenten und fiktiven Fällen zu tun haben. Es ist schon eigenartig, wie verbissen derartige Diskussionen geführt werden, wo es sich doch nur um Fallbeispiele handelt. Auch uns sollte die Einsicht beruhigen, dass im wirklichen Leben das zumutbare Vermögen der Lageeinschätzung nicht ausreicht, um derartig unwahrscheinliche Fälle zu identifizieren. Wir hätten gar nicht das nötige Wissen, um die Dynamik einer so komplexen Gesamtsituation zuverlässig voraussagen zu können. Wir dürften daher immer damit rechnen, dass das Schlimmste gar nicht eintreten wird. Dies bedeutet für unsere jetzige Diskussion, dass wir dabei in doppelter Hinsicht vom Druck der Wirklichkeit entlastet sind. Diesen Druck erzeugen wir uns nur selbst. Einerseits stehen wir doch nur in der Vorstellung in jener Konfliktsituation, andererseits sind zugleich deren Randbedingungen konstruiert und liegen, nach der Meinung vieler, eher im Bereich der blühenden Fantasie. Daher wird nicht ganz zu Unrecht behauptet, echte moralische Dilemmata-Situationen mitsamt ihren tragischen und zugleich unverrückbaren Randbedingungen existierten nur in der Einbildung, in Filmen, in Romanen und Theaterstücken, in den Köpfen mancher Philosophen.

Schon Kant hat bei seiner Antwort auf die Frage, ob es ein Recht gäbe, aus Menschenliebe zu lügen, die Notlügen-Kasuistik ausgehebelt mit dem Hinweis auf die Unmöglichkeit, in der Realität eine komplexe Hilfe-in-Not-Situation mit Sicherheit als derart ausweglos zu beurteilen, dass eine Verletzung dieser Pflicht notwendig sein könnte (der von Häschern unschuldig Verfolgte könnte nach Kant längst durch die Hintertür entkommen sein[53]). Einmal abgesehen von der Systemgebundenheit der Kantischen Pflichtenlehre, die bei ihrer rigoristischen Einteilung der moralischen Pflichten in vollkommene und unvollkommene auch bei existenziellen Rechtsgütern (Leben) eine Notlüge und daher einen rechtfertigenden Notstand nicht akzeptiert, wird damit doch das Thema des Dilemma-Verdachtes im bloßen Fallbeispiel gut beleuchtet. Wir haben gesehen, echte moralische Konflikte in eindeutig ausweglosen Extremsituationen *„gibt"* es nur in konstruierten Fällen. Hare bringt einen zusätzlichen, aber naheliegenden Einwand zur Veranstaltung von Dilemmata-Diskussionen anhand von bloßen Fallbeispielen:

„Als ich beim Bau einer Eisenbahn half, habe ich selbst Waggons außer Kontrolle geraten sehen und finde daher die Irrealität dieser Beispiele sehr offensichtlich. Der Punkt ist, dass man gar keine Zeit für Handlungserwägungen hat und sich daher auf seine unmittelbaren intuitiven Reaktionen verlässt; die aber geben keine Auskunft darüber, was, wenn die Zeit dafür reichen würde, kritisches Denken vorschreiben würde."[54]

Die Trugschlüssigkeit bei der Anfrage: „Wie würdest du angemessen entscheiden, wenn du in dieser Lage wärst?" besteht für Hare darin, dass suggeriert wird, man könnte sowohl in dieser Notlage stecken, als auch, gleichzeitig, in Ruhe dem kritischen Denken nachgehen, das nötig wäre, um ein Handeln bei aller Betroffenheit durch spontane Intuitionen und Gemütsbewegungen zu rechtfertigen.

---

53 I. Kant, Über ein vermeintliches Recht, aus Menschenliebe zu lügen, 1797, in Bd.7 Ausgabe Weischedel, S. 639.
54 R. Hare, a. a. O. S. 202.

Skeptiker

Leider verbindet sich mit dieser Einschätzung oft das Vorurteil, Diskussionen über fiktive Entscheidungskonflikte wären, auch wenn es dabei um Leben und Tod geht, bloße Zeitverschwendung, eben ein unnötiges theatralisches Spiel mit Schauergeschichten. Die Ethik solle sich besser mit moralischer Verantwortung in der realen Lebenswelt beschäftigen.

Doch, ist dies ein Weg, um mit Blick auf die angesprochenen Fallbeispiele die Relevanz von moralisierender Kasuistik klein zu reden? So entkommst du mir nicht! Es handelt sich dabei doch mit voller Absicht nur um die Prüfung von „wenn-dann"-Urteilen, zunächst bloß als Test für die Leistungsfähigkeit moralischen Argumentierens. Diese müssen, um sinnvoll zu sein, nichts darüber aussagen, ob und wann dieser Fall existiert bzw. mit der nötigen Sicherheit zu erkennen ist. Beim Umgang mit Fallbeispielen wird nach wohlüberlegten Urteilen gesucht, obwohl man weiß, dass man in der realen Situation oft in Sekundenbruchteilen entscheiden muss. Das ist aber kein Widerspruch und auch kein brauchbarer Einwand gegen kasuistisches Philosophieren.

Und können wir uns darüber hinaus keine wirklichkeitsnahen Dilemma-Situationen vorstellen, in denen man, was auch immer man tut, verkehrt handelt, d. i. etwas tut, was man nicht tun sollte? Manches Mal wird man doch auch im alltäglichen Leben mit Situationen konfrontiert, wo man weiß, dass man A tun und zugleich auch B tun soll. Oder wo man A tun und zugleich nicht tun soll und man nicht beides kann, daher nicht weiß, wie man entscheiden soll. Halte ich ein gegebenes Versprechen nicht, fühle ich mich schuldig, halte ich mein Versprechen und vernachlässige eine mir aufgetragene Arbeit, fühle ich mich ebenso schuldig.

Was aber die Realitätsbezogenheit von Entscheidungskonflikten in Bezug auf die Tötung von Unschuldigen betrifft, ist das durchaus realistische *Autofahrer-Beispiel* ebenso zu nennen wie vergleichbare Beurteilungsdilemmata im Falle von sogenannten „humanitären Interventionen". Moralische Dilemmata existieren doch auch auf anderen Ebenen. Um ein Beispiel von

J. P. Sartre zu zitieren, welches auch von Hare besprochen wird[55]: Verlässt der einzige Sohn seine alte Mutter, um als Freiwilliger seiner patriotischen Verpflichtung nachzukommen, für sein Vaterland zu kämpfen, hat er ein schlechtes Gewissen. Bleibt er zu Hause und lässt, gegen seine Zusage, seine Kameraden im Stich, ergeht es ihm ebenso. Loyalität steht gegen Loyalität. Das ist doch ebenfalls ein echter Dilemma-Fall! Und wo findest du hier eine begründete Lösung?

Optimist

Dieses Beispiel von Sartre betrifft zwar nicht unser eigentliches Thema, wenn du aber darauf bestehst, kannst du meine Meinung haben: Es kommt auf die näheren Umstände an! Man muss jedoch beim Versuch, auf solche Dilemma-Beispiele zu antworten, einige Unterschiede bedenken. Im Falle gewöhnlicher Versprechen, deren Einlösung mit anderen Versprechen kollidieren (und das betrifft auch Kollisionen von wechselseitigen Ansprüchen, die nicht auf Versprechen beruhen) ist man prima facie schuldig und tut Unrecht im Bewusstsein und im Urteil der nicht informierten Betroffenen, und das so lange, bis man nicht ernsthaft versucht, sich mit guten Gründen zu *entschuldigen*. Gewissensbisse, aber nicht Reue, bleiben und schmerzen, wenn man nicht die Gelegenheit bekommt, sich zu rechtfertigen. Das ist auch dort relevant, wo es gar keinen Normenkonflikt gibt, sondern nur eine simple Verhinderung, dem Versprechen nachzukommen. Was die Fälle von fundamentalen Loyalitätskonflikten angeht, wo auf beiden Seiten Existentielles auf dem Spiel steht, ist das Dilemma tatsächlich schwergewichtiger, wenn man nicht vonseiten der moralischen „Gläubiger" aus Großmut und Toleranz entschuldigt wird. Es ist aber nicht ausgemacht, ob sich in dem

---

55 Siehe: R. Hare, Universeller Präskriptivismus; in: Zum moralischen Denken, Bd. 1, hg. v. Fehige u. Meggle, Suhrkamp 1991; S. 42.

von Sartre genannten Beispiel überhaupt ein Konflikt gleichrangiger Verbindlichkeiten aufweisen lässt. Würde die alte Mutter die Anwesenheit ihres einzigen Sohnes dringend benötigen, sollte er bei ihr bleiben. Denn anderweitig, als patriotischer Kämpfer, wäre er wahrscheinlich ersetzbar.

Skeptiker

Was nützt es mir, wenn ich mich dem zitierten Ausspruch auf der Spruchtafel vor einer Kirche in Yorkshire anschließe, dass *im Konfliktfall eine der beiden Pflichten nicht deine sein kann*. Ja natürlich, ein verbindliches Sollen verlangt ein Können. Es ist eben unmöglich, A und gleichzeitig B zu tun, oder A zu tun und A zu unterlassen. Daher kann auch nicht beides hier und jetzt meine Pflicht sein. Schlimm für mich nur, wenn ich mich selbst fahrlässig in diese missliche Lage hineinmanövriert habe. Der Spruch fordert eine vernünftige Abwägung der Pflichtgründe und rechnet daher nicht mit Gleichrangigkeit. Es muss aber auch dann noch gelten: Bei Kollision von Pflichten gleichen Ranges kannst du nicht beide erfüllen. Wenn dir für diesen Fall deine gelobten quantitativen Abwägungsmöglichkeiten nicht zur Verfügung stehen, wirst du doch nicht ernsthaft auf beiläufige Kriterien, sei es der Altersunterschied, sei es die Zahl der Hinterbliebenen, sei es die politische, kulturelle oder soziale Bedeutung – soweit du jeweils davon Kenntnis hast – ausweichen wollen! Du musst dich also für eine davon entscheiden! Ja, aber für welche? Rette ich den einen, kann ich keinen Grund angeben, nicht den anderen gerettet zu haben. Rette ich keinen, was in gewissem Sinne fair wäre, mache ich die Sache nur noch schlimmer. Denn statt einen rette ich keinen. Was ist bei solcher Gleichgewichtigkeit zu tun?

Um zu unseren Beispielen zurückzukehren: Verschone ich den einen, kann ich keinen plausiblen Grund angeben, nicht den anderen verschont zu haben. Stehe ich wirklich gelähmt da wie der erwähnte Esel des Buridan vor zwei gleich großen Heubündeln? Ist hier die beim *Los-Entscheid* schon diskutierte, bloße „Beliebigkeit" dasjenige, was man dann „vernünftige" Lösung nennt? Diese beiden Begriffe vertragen sich doch nicht. Und wenn du in einem anderen Fall mit der größeren Zahl der zu Rettenden argumentierst, setze ich immer wieder dagegen, dass der Wert menschlichen Lebens nicht addierbar und nicht gegeneinander aufzurechnen ist und sowieso jeder Einzelne für sich alleine stirbt. Dann stehe ich selbstredend wieder vor der unvermeidlichen Schwierigkeit, wie ich mit der Gleichwertigkeit der Alternativen zurechtkommen soll. Das wären in meinen Augen Beispiele von unlösbaren Dilemmata, weil ich nicht weiß, wie ich gewichten kann und darf.

Faires Losverfahren löst Entscheidungs-Dilemmata. Trolley-Fallstudie: zur freien Wahl zwischen fundamentalen Unrechtshandlungen genötigt

Optimist

Ich gestehe dir zu, dass grundsätzlich für bestimmte Fälle eine *Gleichrangigkeit* der Gründe nicht auszuschließen ist. Vergiss nur nicht, das, was du in diesem Zusammenhang eine Zufallsentscheidung nennst, wäre immerhin das Ergebnis eines fairen Verfahrens. Ich glaube daher, dass es Situationen geben kann, wo die vernünftige Lösung gar wohl eine willkürliche Entscheidung verlangt. Die Willkürlichkeit wird jedoch in äußere und unparteiische Zufälligkeit umgewandelt und in dieser Weise legitimiert. Der Widerspruch zur Vernünftigkeit ist damit beseitigt. Ich bleibe dabei, obwohl man dann nur den zweitbesten Weg zur Konfliktlösung wählt und wir in einigen Anläufen das Pro und Kontra schon diskutiert haben: Bei nachvollziehbarer Gleichrangigkeit von konträren moralischen Normansprüchen können die mögliche Parteilichkeit und persönliche Willkürlichkeit der Entscheidung relativiert werden durch die einvernehmliche (notfalls stellvertretende?) *Los-Entscheidung*, wobei die Ansprüche beider Seiten dieselbe Chance haben, gewählt zu werden. Das bedeutet, das Entscheidungsverfahren ist wohlüberlegt, wenn auch nicht die einzelne Entscheidung als solche. Du sprichst nochmals das Thema Losentscheidung an. Es kann uns vielleicht doch einen Schritt weiterbringen, wenn wir an dieser Stelle die begonnene Diskussion über den Wert des Losverfahrens fortsetzen.

Schon der Naturrechtsphilosoph Samuel von Pufendorf fordert Mitte des 17. Jh. für den Fall des überfüllten Rettungsbootes eine Entscheidung durch das Los. Das ergibt sich für ihn aus der Gleichwertigkeit jedes Menschen. Problematisch und jedenfalls sehr hart ist allerdings die Konsequenz, die sich für ihn aus der Annahme ergibt, jeder Mensch müsse bereit sein, sich notfalls für das Überleben der Gemeinschaft aufzuopfern. Wer sich weigert, am nötigen Losverfahren teilzunehmen und lieber den Tod der Gemeinschaft riskiert, darf so behandelt werden, als hätte ihn das Los getroffen. *Daher dürfte sich, "wer sich der Gefahr, dass ihn das Los trifft, zu entziehen versucht, [...] wie jemand, der auf den Untergang aller sinnt, auch ohne Losentscheid über Bord geworfen werden."*[56]

Die Idee einer Lösung durch Losung in Fällen, wo die Entscheidung für das Leben der einen verbunden ist mit einer Entscheidung gegen das Leben von anderen, hat immer wieder ihre Anhänger gefunden. L. Nelson unterscheidet – bei Vorliegen von Gleichgewichtigkeit der Gründe in Konfliktsituationen des Sollens und Dürfens – einerseits Fälle, wo ein Außenstehender konfligierende Pflichten gegen andere Personen wahrzunehmen hat, andererseits Fälle, wo gefährdete Personen innerhalb einer Gefahrengemeinschaft zwischen den gleichrangigen Rechtsansprüchen zu entscheiden haben. Im ersten Fall *dürfe* man notfalls spontan und beliebig entscheiden.[57] Ist man aber als Entscheidungssubjekt involviert und in Konkurrenz mit anderen beteiligten Personen, würde die individuelle Durchsetzung von Beliebigkeit in ein „Recht des Stärkeren" ausarten. Hier könne die persönliche Gleichheit der Rechtsansprüche nur durch das *Losverfahren* gewahrt werden Doch auch für L. Nelson gilt: *„Weigert einer sich zu losen, so hat er damit die Situation zu seinen Ungunsten entschieden."*.[58] Allerdings wäre noch zu klären, ob nicht schon

---

56 Samuel Pufendorf, Über die Pflicht des Menschen ...; 1673, S. 69.
57 Eine gewagte These von Nelson, wie nachfolgend zu zeigen sein wird.
58 Leonard Nelson, Kritik der praktischen Vernunft, 1916, S. 216: Das könne nur so geschehen, dass „die Entscheidung außerhalb der Willkür der Konkurrenten liegt", also in einer Instanz, der beide ihren Willen gleichermaßen unterwerfen, ohne dass dabei schon der eine oder andere bevorzugt wäre ... Eine solche Entscheidung nennen wir eine Entscheidung durch das Los."

ersten Fall ein stellvertretendes Losverfahren durch Außenstehende zulässig sein könnte.

Auch in der gegenwärtigen juristischen Literatur zum deutschen §35 „entschuldigendes Notrecht" taucht immer wieder die Idee einer „gerechten" Lösung durch Losentscheid auf. Der Strafrechtsexperte Klaus Bernsmann befürwortet beispielsweise, unter Bezugnahme auf den „Schleier des Nichtwissens" von J. Rawls, eine Regelung, bei der die Gleichheit des individuellen Grundrechts auf Leben durch die Chancengleichheit der Los-Teilnehmer gewahrt wird.[59] Auch Bernsmann sieht sich vor das Problem gestellt, was passieren soll, wenn sich jemand weigert, am Losverfahren teilzunehmen. Sein Lösungsvorschlag liest sich wie eine Ergänzung zu Pufendorf und zeigt die unvermeidliche Problematik von Losungen, ohne dadurch die grundsätzliche Bedeutung des Losentscheides zu tangieren.[60] Das sollte auch für ein verantwortungsvolles moralisches Handeln genügen und als Dilemma-Lösung akzeptiert werden. Denn mehr kann man beim besten Willen nicht anbieten.

Skeptiker

Das genügt bei Weitem nicht! Deine Rede von der „unvermeidlichen Problematik" impliziert doch in meinen Augen ein Weiterbestehen von echten Dilemmata. Wir haben vorhin bei der Frage der Losentscheidung schon einige Einwände andiskutiert und sollten sie bei der Frage, ob gegebenenfalls sogar ein *Münzwurf* zulässig wäre, nochmals überdenken.

---

59 Klaus Bernsmann, Entschuldigung durch Notstand: Studien zu §35 StGB, 1989, S. 336: „Wenn immer in einer ‚echten' Gefahrengemeinschaft über die Person des rettungserforderlichen Opfers zu entscheiden ist, muss (kann) dies per Losentscheid erfolgen."
60 Siehe dazu K. Bernsmann, ebd. S. 346.

Ich rekapituliere: Es bleibt also deiner Ansicht nach dabei, der *zufällige Weichensteller* darf auf keinen Fall umlenken, weil ein derartiges Schädigen, um anderwärtig zu helfen, nicht gerechtfertigt sein kann. Der *Lokführer* und der *Autofahrer* stehen zwischen zwei gleichrangigen Gründen für Verbote. Würde dies von der Rechtsordnung zugestanden, könnten sie sich mit dem umstrittenen Quantitäts-Prinzip „So viele wie möglich verschonen, so wenigen wie nur möglich einen Schaden zufügen!" zumindest ein *persönliches* Kriterium verschaffen für ihre dann rechtskonforme Entscheidung, den Trolley doch umzulenken. In meinen Augen ist dieses Heranziehen einer persönlichen Entscheidungshilfe zwar gut gemeint, bietet aber wegen ihrer Einseitigkeit keine Möglichkeit für eine Argumentation, auf deren Basis den vom Umlenken Betroffenen abverlangt werden dürfte, ihrer eigenen Opferung zuzustimmen.

Das eigentliche Dilemma ist wohl kaum in dem Umstand zu suchen, dass man nicht erkennen kann, welche Pflichtgründe im Kollisionsfall schwerer wiegen. Resultiert es nicht vielmehr daraus, dass Fälle vorstellbar und möglich sind, wie die eben genannten, wo die Gründe, die für Pro und Kontra sprechen, eindeutig von der gleichen Art und von gleichem Gewicht sind? Das Dilemma ergibt sich aus dem Umstand, dass man nun weiß, man muss unvermeidlich wählen und man hat zu wählen zwischen zwei gleichrangigen Unterlassungsgeboten, die aber zum Unglück gegenläufig miteinander verknüpft erscheinen. Die Befolgung des einen Gebotes ist dabei unvermeidlich begleitet von der Verletzung des anderen, wofür es aber, so sehe ich es, keine allgemein verbindliche Rechtfertigung gibt. Aus dieser Gleich-Gültigkeit, die sich im Versuch der praktischen Handhabe in eine Gleich-Ungültigkeit verkehrt, lässt sich nach meiner Einschätzung auf keinen Fall eine individuelle Handlungsvorschrift ableiten, sondern bestenfalls, auch das sollten wir noch prüfen, eine Gewährung, nach eigenem Belieben zu entscheiden. Der erwähnte Spruch: „[...] ist eine davon nicht deine Pflicht!" verliert hier seine Zuständigkeit, weil er die Möglichkeit einer Gewichtung von

Gründen voraussetzt. Er müsste umformuliert werden in: „Bei Gleichrangigkeit von Pflichten ist keine davon deine Pflicht!"

Meine Frage ist nur, rettet mich die moralisch-rechtliche Erlaubnis, *willkürlich* und ohne weitere Vorgaben zu wählen, vor dem Gewissensvorwurf, mit meiner Entscheidung ein schweres Unrecht zu begehen? Wenn ja, müsste es einen subjektiven Rechtsanspruch bzw. eine rechtfertigende Erlaubnis für eine fundamentale Rechtsverletzung geben. Das ist aber widersinnig. In Wahrheit wird mir nur das Risiko zugestanden und die Last aufgebürdet, zwischen zwei Unrechtshandlungen zu wählen. Die Logik der Moral scheint hier an ihre Grenze zu kommen: Ist es denn denkbar, dass zwar das Unmögliche nicht Gegenstand einer Pflicht sein kann und man trotzdem Schuld auf sich nimmt? Der Gedanke ist nicht ganz abwegig, denn der Entscheidungsträger weiß in unserem Fall:

Es kann keinen ausreichenden Grund geben, gerade die Person A zu schonen und ich tue es doch. Ich weiß zugleich, es existiert ebenso keine Rechtfertigung, ausgerechnet die Person B zu Schaden kommen zu lassen, und ich tue es doch.

Wenn in Folge der Person B als Menschenrecht zugestanden wird, sich, wenn möglich, nach Kräften zur *Wehr* zu setzen, muss dem, das verlangt die Logik, eine versuchte Unrechtshandlung vorausgegangen sein. Wie man es auch dreht und wendet, jede Lösung, wo jemand das Töten Unschuldiger bewusst in Kauf nimmt, dürfte unabwendbar mit Unrecht verbunden sein. Bei diesen moralischen Konfliktsituationen gibt es offensichtlich keine Gerechtigkeit.

Damit können wir der unseligen Schlussfolgerung nicht ausweichen, dass es Fälle geben kann, wo man falsch handelt, was auch immer man tut. Vor allem dort, wo auch die Folgen des Nichtentscheidens zu verantworten sind. Nun sage mir noch, ob und wie dies mit der These zu vereinbaren wäre, dass moralisches *Sollen* ein *Können* voraussetzt und daher rein logisch ein Nichtkönnen zwar Unglück, aber nicht Unrecht zur Folge hat. Es leuchtet mir ein, dass widersprüchliche (kontradiktorische) Verpflichtungen nicht gleichzeitig einen Geltungsanspruch erheben können. Denn von den Denkgesetzen der formalen Logik her ist es bekanntlich unmöglich, dass eine Handlung in derselben Hinsicht und aus demselben Grund als Pflicht gilt und zugleich nicht gilt. Um dieser Situation gerecht zu werden, müsste man eine bestimmte Handlung sowohl ausführen als auch unterlassen. Da dies unmöglich ist, wäre man eigentlich entschuldigt. Stattdessen lädt man Schuld auf sich und tut Unrecht? Wie passt das zusammen? Ich befürchte, wir landen hier endgültig in einer Sackgasse.

Aus „Verschone so viele wie möglich" folgt logisch nicht „Verschone die Vielen *anstelle* des Einen". Daher existiert keine nachvollziehbare Antwort auf die Frage „Warum gerade ICH?"

Optimist

Du hast leider recht: Es ist widersinnig, das Unmögliche zum Inhalt einer kategorischen Verpflichtung machen zu wollen. In unserem Falle kann man die Ansprüche der generellen Moral- und Rechtsnorm *„Töte keinen Unschuldigen!"* in der konkreten Situation grundsätzlich nicht erfüllen. Ich setze dabei voraus, was allerdings in der Rechtslehre strittig ist, dass gar wohl eine Kollision von Unterlassungspflichten möglich ist: Was immer man auch tut, sowohl Handeln wie Nichthandeln (bei qualifizierter Garantenpflicht) gilt in diesem Fall als gleichermaßen unerlaubt. Du hast ebenfalls recht, es lässt sich im Kollisionsfall keine eindeutige praktische Subsumierbarkeit der Situation unter diese Norm angeben. Wie sollte man denn handeln, damit die Norm nicht verletzt wird, wenn grundsätzlich keine Ausnahme vom Verbot der Tötung *von Unschuldigen* zulässig ist? Denn das Tötungsverbot kollidiert in der Anwendung auf den Einzelfall mit sich selbst. Jede Beachtung des Verbots hat unausweichlich seine Übertretung zur Folge. Da sich für diesen Fall keine Umsetzung der generellen Norm in eine konkrete Handlungsaufforderung denken lässt, dürfte eigentlich keine zurechenbare Pflichtverletzung vorliegen. Hier haben wir ein Naheverhältnis zu jener Situation von Unfreiwilligkeit, wo eine äußere Gewalt das Verhalten meines Körpers bestimmt. Und ließe sich der Trolley technisch nicht umlenken, wäre es unsinnig, eine Unrechtshandlung überhaupt in Erwägung ziehen. Der fatale Unterschied besteht aber gerade darin, dass im Trolley-Beispiel ein Umlenken möglich ist und dass dies in der *freien Wahl* des Lokführers liegt.

Ich muss leider zugeben, es erscheint unmöglich zu sein, dem Dilemma aus dem Weg zu gehen. Vielleicht ist nochmals eine Anmerkung zum vielfach zurückgewiesenen Argument der *Quantifizierung* hilfreich. Eine Rechtfertigung durch Verweis auf das quantitative Ungleichverhältnis der potenziellen Opfergruppen ist sicher problematisch, auch wenn die generelle Norm „Töte niemanden, verschone jeden!" in ihrer Reichweite sich auf „alle" (damit jedenfalls auf Quantität) der möglicherweise Betroffenen bezieht. Im tragischen Unglücksfall lässt sie sich immerhin pragmatisch umformulieren in: „Verschone so viele wie möglich, lasse so wenige wie möglich zu Tode kommen!" Deshalb meine ich, dass deine vorhin geäußerte Charakterisierung des Quantitäts-Prinzips als *bloß* persönliches Zusatzkriterium angezweifelt werden darf. Es ist doch vernünftig, sich mit Hilfe eines Kontrastbeispiels noch einmal klar zu machen, was mit dem Slogan „Leben ist nicht quantitativ verrechenbar" eigentlich ausgesagt werden soll. Nehmen wir den Fall, der Lokführer sieht vor sich keine Weiche, er kann aber mit Aufbietung aller Kräfte eine Handbremse betätigen, in der Erwartung, dass nur die beiden vordersten Arbeiter ums Leben kommen, die übrigen drei aber verschont werden. Würde er sich nicht entschließen, alles zu versuchen, den Tod von möglichst wenigen Personen zu verursachen, wäre ihm das zum Vorwurf zu machen. Die Nichtbeachtung dieser selbstverständlichen Implikation würde zumindest fahrlässige Tötung bedeuten. Die Quantität spielt hier gar wohl eine entscheidende Rolle. Je mehr er verschonen *kann*, desto mehr *soll* er auch.

Nun könnte man doch in Analogie dazu behaupten, wenn der Lokführer auf das Nebengeleis umlenkt, beachte er nicht mehr und nicht weniger als eben diese moralisch-rechtliche Vorschrift: „Verschone so viele wie möglich!" Wieso macht die Beachtung dieser quantifizierenden Vorschrift in diesem Fall die Entscheidung zu einer moralisch erwünschten, dort aber, wo umgelenkt werden kann, zu einer im höchsten Ausmaß problematischen? Im ersten Moment vermisst man bei dieser unterschiedlichen Wertung jede Logik. Die Antwort muss lauten: Im Fall der gelingenden Handbremsung handelt es sich um ein entlastendes „mehr statt weniger", im Falle des Umlenkens jedoch um einen vorwerfbaren (weil frei gewählten) *Abtausch* „diese statt jene". Hinter der voreiligen Akzeptanz der zweiten Alternative verbirgt sich die irrige und naive Auffassung, die Ansprüche, die fundamentalsten Rechte eines Individuums, ließen sich alleine durch Zugehörigkeit zur größeren Gruppe der Gewichtigkeit noch weiter steigern.

So betrachtet wird beim Umlenken ein bisher nicht Gefährdeter *neu* ins Unfallgeschehen hineingezogen und der größeren Gruppe nachgeordnet. Seine Tötung degradiert damit das höchste Recht des Menschen zum käuflichen *Tauschobjekt*. Der vorhersehbare Tod des einen Arbeiters wäre dann der angemessene Preis für das Leben der Mehrheit und damit gerechtfertigt. Vor dem eigenen Gewissen wird man, die Personen auf dem Hauptgleise betreffend, sicherlich freigesprochen sein. Man hat ehrlich geprüft, dann zwischen zwei an sich *gleichrangigen*, aber konträren Verpflichtungsgründen wählen müssen und sich letztlich zugunsten des Hauptgleises entschieden. Die Quantitätsunterschiede ergäben das gewisse Zünglein auf der Waage. Die quälende Unschlüssigkeit wäre damit überstanden. Aber, ist man auch freizusprechen bezüglich der Person B auf dem Nebengeleis? Kaum!

Noch ein Wort zur Rechtsordnung. Es ist interessant, sich nochmals vor Augen zu führen, mit welchen internen Schwierigkeiten die bestehenden Rechtsordnungen (deutsch, österreichisch) in solchen Fällen wie des Trolley-Problems konfrontiert sind. Von einer konsequent durchdachten Rechtsordnung ausgehend sollte es eigentlich für den Lokführer als Garant, nicht aber für den zufälligen Weichensteller, *freigestellt* sein, sich für das Hauptgleise oder für das Nebengleise zu entscheiden. Das setzt aber voraus, dass zumindest ein Fall von „*rechtfertigender Pflichtenkollision*" vorliegt. Denn nur dann würden (nach R. Hefendehl) Rechtswidrigkeit und damit Schuld im Sinne von Vorwerfbarkeit wegfallen.[61] Diese Rechtfertigung liege dann vor, wenn von mehreren „Handlungspflichten" die eine nur auf Kosten der anderen erfüllt werden könne. Daher müsse der Normadressat notwendig eine von ihnen verletzen, egal wie er sich auch verhalte. Als Beispiel nennt Hefendehl die Situation eines Vaters, dessen beide Kinder vom Ertrinken bedroht sind, dieser aber nur ein Kind retten kann. Bei zwei gleichgewichtigen Handlungspflichten sollte es daher auch in der Rechtsordnung immer genügen, wenn im Kollisionsfall eine davon zum Zuge kommt. Wie ist es aber, wenn zwei „Unterlassungspflichten" kollidieren? Es wird oft die Meinung vertreten, es könne eine Kollision von Unterlassungspflichten (Verboten) gar nicht geben, da es doch immer möglich ist, das eine und zugleich das andere zu unterlassen. Das mag so zwar richtig sein, andererseits spricht man bei Garantenstellung von einem verbotenen Nichthandeln, wobei dann im strengen Sinn dieses „Tun" geschuldet wird (dt. §13, Begehen durch Unterlassen).

Man stünde also sowohl vor dem Verbot umzulenken als auch vor dem gleichrangigen Verbot nicht umzulenken. Logisch wäre auch in diesem Fall, falls die *Quantität* nicht zählen darf, die Entscheidung freizustellen, was aber zumindest die derzeit geltende Rechtsordnung nicht vorsieht. Einhellige bzw. eindeutige und auf die spezifische Garantenpflicht des Lokfüh-

---

61 R. Hefendehl, Vorlesung Strafrecht AT, WS 08/09, KK 219f.: „Bei der Kollision von gleichrangigen Pflichten [...] tritt dagegen eine Rechtfertigung bereits dann ein, wenn der Täter eine der beiden Pflichten erfüllt. Im Widerstreit gleichwertiger Rettungspflichten lässt die Rechtsordnung dem Normadressaten also die Wahl, sich für die eine oder andere zu entscheiden."

rers zugeschnittene Rechtsauffassungen lassen sich kaum finden. Zumeist geht man davon aus, dass in Beispielen wie dem unsrigen eine Unterlassungspflicht mit einer nachrangigen Handlungspflicht kollidiert: Umstellen und damit Rettung der Mehrzahl bliebe Pflichtverletzung und Rechtsbruch. Der österreichische Strafrechtler Helmut Fuchs bekennt sich im Fall „Umstellen der Weiche" durch den Lokführer immerhin explizit zu einer Lösung durch den Paragraphen „entschuldigender" Notstand.[62] Mit dieser Art von Ent*schuldigung,* die einer indirekten Erlaubnis nahekommt, muss man im Rechtsstaat wohl oder übel leben können.

Skeptiker

Es ist aber nicht abzusehen, wie man rechtsdogmatisch mit der damit provozierten Paradoxie einer entschuldigten Pflichtverletzung fertig werden will. Denn die Tat wird hier weiterhin als „rechtswidrig" eingestuft. Das ist vor allem dort widersprüchlich, wo, wie beim Lokführer, der Entschuldigung keine Selbstbetroffenheit und auch kein „überwältigendes" emotionelles Naheverhältnis zugrunde liegt.

Achtet man nur auf den Lokführer und muss man dabei voraussetzen, dass sein „Unterlassen" auch im Kollisionsfall einem „Tun" gleichwertig ist, werden Moral und Recht in sich widersprüchlich: Für die Gesamtsituation des Kollisionsfalles gilt, dass die fälligen Unterlassungspflichten schlechthin unerfüllbar sind. Aber bezüglich jener Person, die als Opfer ausgewählt wird, trifft diese Unausweichlichkeit nicht zu. Es ist ja durchaus möglich, die Person A zu schonen, aber nur, wenn die andere Person B geopfert

---

[62] Siehe den oben (Anm. 32) erwähnten Kommentar von Helmut Fuchs, zitiert aus einer publizierten Vorlesung zum Strafrecht, 2002 „Die Tötung des Arbeiters ist zwar nicht gerechtfertigt, aber entschuldigt."

wird. Dabei wird nicht zu leugnen sein, dass das fundamentale Abwehrrecht des Opfers nicht respektiert wird und dieses sich zur Wehr setzen darf. Einerseits ist man im positiven Recht als Täter „schuldausschließend" gerechtfertigt, da das Unmögliche, nämlich beide zu verschonen, nicht verlangt werden kann. Andererseits ist die Entscheidung, *wer* betroffen sein wird, freizustellen, und der Normadressat ist sich bewusst, verantwortliches Subjekt einer freien Wahl zu sein. Damit kommt man nicht umhin, sich doch moralisch wieder schuldig zu wissen, die Person B betreffend. *Denn man hätte ja auch andersherum wählen können und hat es nicht getan!* Das zumindest lag im Bereich des Möglichen. Denn hier hatte man als Handelnder einen Entscheidungsspielraum. Dieser freie Spielraum ist das eigentliche Problem.

Darin bestehen die *Paradoxie* und die Tragik eines echten moralischen Dilemmas: Grundlos, d. i. ohne zu rechtfertigende Gewichtung, sich für den Tod eines bestimmten Menschen zu entscheiden und eben dadurch Unrecht und Schuld nicht vermeiden zu können. Dabei ist die Grundlosigkeit nicht etwa ein individueller Mangel des Täters. Ich sehe weit und breit keinen Grund und keine Rechtfertigung, jemandem gegen seinen vermutlichen oder geäußerten Willen das Leben zu nehmen, weil doch damit das höchste subjektive Grundrecht auf das eigene Leben angegriffen wird. Diese Folgerung ist unvermeidlich, erstens, wenn von den möglichen Gefährdungen *zwingend, aber alternativ*, zwei Personen (oder zwei gleich große Gruppierungen) betroffen sind, zweitens, wenn bei ungleich großen Gruppierungen die *Quantität* keine Rolle spielen darf.

Eigentümlicherweise handelt sich dabei um Fälle, wo manche glauben, besonders vorsichtig und zurückhaltend argumentieren zu können: Man sagt, es sei moralisch *erlaubt*, die Weiche umzustellen, aber nicht *geboten!* Denn eine Erlaubnis habe ich dann, wenn es mir freisteht, mich so oder anders zu entscheiden. Aber gerade in dieser Beliebigkeit liegt das Problem. Das Dilemma ist auch nicht die „Erlaubnis", die sich aus der Gleich-Gültigkeit ergeben würde, so oder anders zu handeln. Es besteht vielmehr, wie wir oben gehört haben, in der problematischen Erlaubnis, die aus der *Gleich-Ungültigkeit* resultiert, aus der Gleichheit des Verboten-Seins, ohne die Möglichkeit zu haben, das Pflichtwidrige zu unterlassen. Entscheidet und handelt man zugunsten einer Richtung, setzt man ein moralisches Unrecht, handelt man zu Gunsten der anderen Richtung, fügt man ebenfalls moralisch ein Unrecht zu. Man dreht sich mit der Entscheidung, wen das Übel treffen darf, im Kreis, einen trifft es dann doch. Die legitime Antwort des potenziellen Opfers wäre Abwehr und Gegenwehr.

Darüber hinaus ist es sinnlos, auf der Opferseite mit einem „Wie rechtfertigst du, gerade mich zu opfern?" zu protestieren, oder auf der Täterseite mit einem „Du darfst nicht von mir fordern, alternativ der Person A Unrecht zuzufügen, nur damit du geschont bleibst!" zu argumentieren. Denn beide Handlungsalternativen sind gleich-ungültig. Daher geht auch die Frage „Begründe mir, warum ICH?" ins Leere, da es hier grundsätzlich keine legitime Antwort gibt: Es kann kein Grund angegeben werden, einem der beiden zuzumuten, sich für den anderen aufopfern zu lassen.

Optimist

Ich muss gestehen, mein Optimismus war nicht gerechtfertigt. Es bleibende quälende Fragen. Offenbar gibt es doch moralische Entscheidungskonflikte, wo die richtige Lösung zugleich die falsche ist und umgekehrt. Daher ist es auch gut so, dass wir es bei unserer Diskussion nur mit fiktiven Fällen zu tun hatten. Ihre Realität bleibt uns hoffentlich erspart. Dessen ungeachtet wäre es zu begrüßen, wenn sich unsere pessimistischen Schlussfolgerungen als voreilig nachweisen ließen. Dann brauchten wir uns für den Fall des Falles um unser schlechtes Gewissen keine Sorgen machen.

Der Gesetzgebung und der Rechtsprechung kommt allerdings die Aufgabe zu, für solche durchaus möglichen Notfallsituationen adäquate Begrifflichkeiten und Regelungen zu finden. Wird hierfür der bestehende Paragraph „entschuldigender Notstand" auf die besprochenen moralischen Dilemmata ausgedehnt, kann die rechtliche Interpretation „nicht gerechtfertigt, aber entschuldigt", und daher nicht strafbar, auch nur eine unzureichende Verlegenheitslösung darstellen. Die moralphilosophische Diskussion zur Tragfähigkeit des Quantitätsarguments ist jedenfalls noch aktuell und im Gange.

Abschließende Überlegungen

Die Relevanz des Quantitäts-Kriteriums; Frage nach Stellenwert und Subjekt des „kleineren Übels". Rechtsordnung wählt das „größere Übel"

Das Kernproblem ist und bleibt die Frage nach der Relevanz des *Quantitätskriteriums* (Wert steigt mit der Zahl). Es ist zutreffend, dass der Optimist mit der Idee des kleineren Übels sympathisiert. Überlegen wir daher nochmals, worauf zu achten ist.

Es kommt alles darauf an, was genau man beim plausiblen Grundsatz, es sei von zwei Übeln das „kleinere Übel" zu wählen, unter „Übel" verstehen will. Betrachten wir zum Vergleich zwei einfache Fälle. Es ist im Sinne des Eigenwohles *klug*, bei Medikamenteneinnahme nach Möglichkeit den gesundheitlichen Schaden der Nichteinnahme und den Schaden durch Nebenwirkungen zu vergleichen und dann den geringeren Schaden zu wählen. Ein Medikament kann bei einem Menschen als Nebenwirkung der Qualität nach beispielsweise mehr oder weniger starke Schwindelanfälle, der Zahl nach mehr oder weniger oft auftretend, hervorrufen.

Und es ist moralisch geboten, wenn durch Unvermögen oder Fahrlässigkeit oder Unwissenheit oder Ungeschicklichkeit einer anderen Person ein Schaden droht, alles zu tun, damit der Schaden so gering wie möglich ausfällt. Dieser geringere Schaden wäre ein „kleineres Übel" der Sache nach. Hier ist die Redeweise: „In Situationen, wo das Schädigen anderer Menschen nicht zu vermeiden ist, dürfen und sollen wir das kleinere Übel wählen" unproblematisch. Das „kleinere" oder „größere" Übel kann sich dabei beziehen auf die Schadensqualität oder auf die Anzahl der Geschädigten. Bei einem drohenden, wenn auch unverschuldeten Verkehrsunfall soll man daher danach trachten, so wenig wie möglich und zugleich so wenige wie möglich zu verletzen. Wenn man durch Vollbremsung das Ziel, nur wenige zu schädigen, erreichen kann, ist klar, dass nur diese Option gewählt werden darf. Klar ist aber auch, ein Autofahrer, bei dem die Lenkung nicht funktioniert, kann sich die Vordersten nicht aussuchen. Die Passanten, die vorne stehen, befinden sich eben am nächsten in der Gefahrenzone. Verletzt/tötet der Fahrer absichtlich oder durch Fahrlässigkeit *mehr* Personen als vermeidbar gewesen wäre, ist er moralisch und rechtlich schuldig und strafbar. Bremst er so stark wie möglich ab und verletzt/tötet damit nur wenige, verstößt er bei allem Unglück nicht gegen eine schuldige Rechtspflicht und verübt daher kein Unrecht. Er hatte nämlich nicht die Wahl und die physische Möglichkeit, die vorne stehenden Passanten nicht zu gefährden.

Inwiefern lässt sich diese Redeweise vom „kleineren Übel" übertragen auf den Fall des *Autofahrers*, der es sich gerade noch aussuchen kann, ob er weiterhin auf die größere Gruppe zufährt oder ob er zur kleineren Gruppe hin ausweicht? Einerseits erscheint es evident, dass auch im zweiten Fall das gewählte Übel das kleinere ist. Es kommen weniger Menschen zu Schaden. Und das ist, für sich betrachtet, auch gut so. Andererseits muss man darüber nachdenken, ob nicht in dieser Situation der Begriff „Übel" seine einfache Bedeutung verloren hat. Man muss sich nämlich fragen, ob hier nicht zum physischen Übel (Unglück) ein moralisches und strafrechtliches Übel (Unrecht) dazu kommt. Der Autofahrer kann wählen, welche Gruppe er gefährdet und welche nicht. Das vorgeschlagene *Losverfahren* ist nicht möglich und blanke Willkürlichkeit wäre die schlechteste Lösung. De facto würde man wahrscheinlich reflexartig oder intuitiv, so wie vielleicht die große Mehrheit der zum Trolley-Dilemma Befragten, nach dem Prinzip „so wenige Tote wie möglich" handeln. Jedoch, ist man damit gerechtfertigt? Ja, weil es unvermeidlich einige trifft und es plausibel erscheint, wenn es von der Quantität her so wenige wie möglich sind. Nein, weil der Fahrer es sich nach wie vor aussuchen kann und muss, wen dieses Schicksal trifft.

Man kann andererseits auch nicht einfach argumentieren, die Wahl des kleineren Übels rechtfertige sich von selbst, nämlich durch die Eigenheit, in der Abwägung das „kleinere" zu sein. Hier ist eine weitere Klärung notwendig. Wählt der Lokführer, im Einklang mit der gängigen Alltagsmoral, die kleinere Gruppe und damit das angeblich kleinere Übel, so fragt sich, wer oder was denn das *Subjekt* dieses kleineren Übels sein soll. Die geringere Anzahl der Mitglieder der kleineren Gruppe spielt für deren Betroffenheit und Befindlichkeit jedenfalls keine Rolle. Sie trösten sich nicht mit: „Ha! Ich empfinde mein Unglück und das mir zugefügte Unrecht viel geringer, weil ich doch selber nur einer von wenigen Schicksalsgenossen bin!" Im Grunde ist nicht die kleinere Gruppe von einem kleineren Übel bedroht, sondern sie soll ja selbst das kleinere Übel darstellen. Das kleinere Übel existiert daher nur als *Zahl* derer, die weiterhin im höchsten Maße vom Übel betroffen sind. Kommt der größeren Gruppe die Subjektrolle zu? Deren Mitglieder sind zwar Nutznießer des Umlenkens, aber sie leiden nicht etwa an einem kleineren Übel, sondern gar nicht. Bleiben der unparteiische Beobachter sowie der zum moralischen Handeln Aufgerufene selbst, aus ihrer Sicht wird alternativ das kleinere Übel gewählt.

Kleiner oder größer existiert also nur im moralischen Urteil als der verhältnismäßig relevante Teil einer Gesamtmenge. Alle individuell Betroffenen erleiden vielmehr dasselbe Übel, egal, welche Gruppe gewählt wird. Es gibt hier keinen Träger des „kleineren" Übels. Es handelt sich um einen Zielbegriff und um keinen Befindlichkeitsbegriff.[63] Auf die individuelle Befindlichkeit bezo-

---

[63] Man entdeckt bei näherem Hinsehen in der einschlägigen Literatur ähnliche Überlegungen. Siehe dazu auch die grundsätzlichen Erörterungen zur „No-Worse-Claim"-Debatte in: A. Dufner und B. Schöne-Seifert, Fairness und Effizienz in Verteilungskonflikten: Do Numbers Count, After All? Working Papers, Münster 2012. Die beiden Autorinnen üben Kritik an Wayma Lübbes These, dass bei konkurrierenden Rettungspflichten in Katastrophenszenarien die Anzahl der zu Rettenden von sekundärer Bedeutung sei. Primär seien nach Lübbe Fairness-Strategien (mittels Los in Form von Münzwurf etc.). Lübbes These sei, dass es für niemanden fünffach besser

gen existiert dieses „kleinere Übel" gar nicht! Wählt man also die kleinere Gruppe und somit das verwirrend doppeldeutige „kleinere Übel", so gibt es weniger Tote (physisches Übel) und damit auch weniger identifizierbare unschuldige Individuen, denen moralisch/rechtlich Unrecht zugefügt wird (moralisches Übel). Trotzdem bleibt aufrecht, dass jedem von den „Wenigen" nicht etwa ein kleineres, sondern vielmehr höchstes Unrecht zugefügt wird. Das ganze Gewicht des Unrechts in Bezug auf das jeweils betroffene einzelne Individuum verkleinert sich nicht mit der Wahl des kleineren Übels. Das moralische Übel verliert qualitativ nicht an Schärfe, nur weil die Betroffenen der (vergleichsweise) kleineren Gruppe angehören. Jedoch ist diese Möglichkeit der Wahl des "kleineren Übels" trotz allem ein ausreichender Grund, warum doch umgelenkt werden *soll*, wenn auch mit dem bitteren Beigeschmack eines schlechten Gewissens.

---

sei, wenn die größere Gruppe statt der kleineren gerettet werde bzw. dass es auch für niemanden [fünffach] schlechter sei, die Rettung der größeren Zahl zu unterlassen. Die Gegner des No-Worse-Claims würden nach Lübbe losses „to" someone mit losses „of" someone verwechseln. Dufner und Schöne-Seifert (sie beziehen sich auf eine vor allem im angelsächsischen Raum geführte Diskussion, die John Taureck 1977 mit dem Aufsatz Should the Numbers Count gestartet hat) wenden ein, dass Lübbe und andere der Effizienz zu wenig Gewicht zumessen, obwohl natürlich Fairness-Aspekte zu berücksichtigen wären. Es sei aber unplausibel, wenn es doch besser sei, aus einer Gruppe Hilfsbedürftiger so viele wie möglich zu retten, es nicht auch besser sein sollte, bei der unvermeidlichen Wahl zwischen zwei Gruppen die größere Gruppe zu retten. Außerdem würde in Konfliktfällen die Vorordnung von Fairness (Chancengleichheit für jeden Einzelnen) zu Nutzenopfern jeglicher Größenordnung führen. Hier wären Extremfälle unvermeidlich. Man hätte z. B. in Kauf zu nehmen, ggf. nur eine Person anstelle von fünf Millionen zu retten. Die Autorinnen postulieren letztendlich zwar die Notwendigkeit einer „Kompatibilisierung von Fairness-Ansprüchen und Ergebnisnutzen", lassen die Beantwortung dieser entscheidenden Frage aber offen mit dem abschließenden Hinweis, dass es sich um ein „mühseliges Geschäft" handle (S. 9f. und S. 13).

Zur weiteren Abstützung dieser Folgerung muss noch einmal auf die unterschiedlichen Garantenverpflichtungen hingewiesen werden. Unterlassungspflichten haben zwar gewöhnlich einen höheren Stellenwert als Handlungspflichten, sowohl in der Moral als auch im Recht. Im Fall des Autofahrers, als Bewacher-Garant, wäre das aber nicht einsichtig. Hier ist von einer *Gleichwertigkeit* auszugehen. Wenn er mittels Nichtbremsen (Verletzung einer Handlungspflicht) jemand absichtlich zu Tode kommen lässt, dann ist dies dem aktiven Töten ohne Zweifel gleichzusetzen. Die Gleichsetzung von schädigendem Tun und schädigendem Unterlassen wird in diesen Fällen nicht bloß durch einen rechtswirksamen Akt bedingt, wie beim Beschützer-Garanten.[64] Sie ist, wenn ich recht sehe, zusätzlich *ontologisch* (in der Natur der Sache) fundiert, das unterscheidet auch den Lokführer vom Bahnwärter, der als Weichensteller fungiert: Das Auto, der Zug, sie sind gewissermaßen potenzielle Werkzeuge zum Töten. Dem *Lokführer* kommt daher schon von der Sachlage her eine schuldige Verpflichtung zu, abzubremsen. Das ist jedenfalls unstrittig in Fällen, wo in Folge nicht andere Unbeteiligte zu Schaden kommen. Der Lokführer hat deshalb im grundsätzlichen Sinne eine Garantenstellung, insofern er noch Herrschaft ausüben kann über eine ihm überantwortete oder von ihm in Besitz genommene Gefahrenquelle. Mit „grundsätzlich" ist gemeint, die moralisch-rechtliche Verantwortung ist auch dann gegeben, wenn er die Überwachung nicht durch eine verbindliche Zusage oder durch einen Arbeitsvertrag übernommen hat, sondern es sich beispielsweise bei der Lok um ein Diebesgut handeln

---

64 In den an vorbildlichen Differenzierungen überaus reichhaltigen juristischen Kommentaren unterscheidet man bei den Adressaten von „unechten" Unterlassungspflichten den Beschützer-Garant vom Überwachungsgaranten. Der Schutzgarant hat dafür einzustehen, dass eine Schädigung nicht eintritt. Der Garant hat also nach Möglichkeit die bereits drohende Schädigung abzuwehren. Der Überwachungsgarant dagegen hat die von einer bestimmten Gefahrenquelle ausgehenden Risiken am Ursprung abzuwehren.

würde. Bremst diese Person absichtlich nicht, tötet sie mit dem Fahrzeug durchaus aktiv. Auch der Bombenbastler tötet durch „passives Tun", wenn er den Zeitzünder absichtlich nicht entschärft. Kann der Dieb den Trolley nicht bremsen, so muss er jedes andere zur Verfügung stehende Hilfsmittel ergreifen, so zum Beispiel das Umlenken.

Im Unterschied dazu geht von der Weiche des *Bahnwärters* nicht unmittelbar eine Gefahr aus, daher ist dieser allenfalls in der Rolle des Beschützer-Garanten. Wenn in der Rechtsordnung beim Beschützer-Garanten das Unterlassen dem Tun „gleichgestellt" wird, diese Gleichstellung aber nur auf einem Vertragsäquivalent oder auf einer sonstigen rechtlichen Zuerkennung beruht, ist es durchaus verständlich, dass für den bediensteten *Weichensteller* im Trolley-Fall *nur* das Unterlassen (Nichtumlenken) gerechtfertigt sein kann.[65] Überträgt man diese Beurteilung auf den Lokführer, den Autofahrer, damit auf den Inhaber einer Gefahrenquelle, erscheint dies problematisch und entspricht nicht der Situation. Die besondere Verpflichtung für eine lebensrettende Solidarleistung ist demgegenüber beim Beschützer-Garanten „künstlich" hergestellt, ihre Fundierung in der Sachlage fehlt.[66] Wird aber bei der Garantenstellung nicht

---

65 Ulfrid Neumann (in: Festschrift für C. Roxin, S. 427) erblickt analog die relative Nachrangigkeit der Garantenpflicht gegenüber einer kollidierenden, aber prima facie gleichwertigen Unterlassungspflicht in dem Umstand, dass eine relevant unterschiedliche „Rechtsposition" gegeben sei. Die Unterlassungspflicht würde für jedermann gelten, die Garantenpflicht aber nur für rechtlich Ausgezeichnete.

66 Den Unterschied betont auch G. Timpe, Strafmilderungen des Allgemeinen Teils des StGB und das Doppelwertungsverbot, Duncker & Humblot 1983; S. 200: „Wer im Straßenverkehr bremst, um ein Kind, das ihm vor den Wagen gelaufen ist, nicht zu überfahren oder wer den Hund zurückpfeift, der den Briefträger anzufallen droht, wendet einem fremden Lebenskreis so wenig solidarisch eine Leistung [= Schutz, A.E.] zu, wie der, der es unterlässt, zu töten, zu stehlen oder zu vergewaltigen. Er hindert nur, dass schädliche Auswirkungen seines eigenen Lebenskreises den anderen stören."

differenziert, stellt man damit in der Rechtsordnung Beschützer- und Überwachungs-Garant normativ auf eine Ebene, so geht einerseits eine absolute Gleichsetzung von Tun und Unterlassen zu weit (sinnvoll nur beim Überwachungs-Garanten) und verliert andererseits die Zuerkennung von Milderungsgründen ihre Plausibilität (sinnvoll nur beim Beschützer-Garanten). Es überrascht, dass beispielsweise in der deutschen Rechtsetzung und Rechtsprechung dem Garantendelikt („begehungsgleiches" Unterlassungsdelikt) im Unterschied zu direkter „aktiver" Schädigung generell eine solche Milderungsmöglichkeit eingeräumt wird.[67] Diese fakultative Milderung ist in der Rechtslehre nicht unumstritten. Man ortet einen handfesten Widerspruch im Gesetz (R. D. Herzberg, Garantenprinzip, 1972). Die herabgesetzte Strafbarkeit wird u. a. damit begründet, dass eine Pflicht, etwas zu tun, die Handlungsfreiheit stärker einschränkt als ein Unterlassen, und häufig auch schwerer zu erfüllen ist als ein bloßes Unterlassen.[68] Es erscheint aber höchst problematisch, damit die Vorstellung zu verknüpfen, es handle sich zugleich, weil milder bestraft, um eine schwächere oder nachrangige Verpflichtung. Jedenfalls kommt in den juristischen Fallbesprechungen zum Thema Garantenpflichten der Differenz von Antun und Geschehenlassen weiterhin – trotz der Gleichstellungs-Formel im

---

67 Dazu dt. §13 Begehen durch Unterlassen: Abs. 1 „Wer es unterlässt, einen Erfolg abzuwenden, der zum Tatbestand eines Strafgesetzes gehört, ist nach diesem Gesetz nur dann strafbar, wenn er rechtlich dafür einzustehen hat, dass der Erfolg nicht eintritt, und wenn das Unterlassen der Verwirklichung des gesetzlichen Tatbestandes durch ein Tun entspricht." bzw. Abs. 2 „Die Strafe kann nach §49 Abs. 1 gemildert werden." In der aufschlussreichen Begründung zu §13, Abs. 2 heißt es, zit. nach Timpe, ebd. S. 156: „Unter sonst gleichen Umständen (wiege) das Unterlassen der Abwendung des Erfolges regelmäßig [!] weniger schwer...als die Herbeiführung dieses Erfolges durch positives Tun, (so dass) deshalb eine Strafmilderungsmöglichkeit geschaffen werden sollte."
68 Dazu Timpe, ebd. S. 156.

Ge setzestext – erhebliche Bedeutung zu. Diese Abschwächung der „Begehungsgleichheit" ist aber beim Lokführer und beim Autofahrer von der Sachlage her durchaus fragwürdig. Lässt man die Abschwächung zu, dann wird verständlich: Auch der Lokführer darf nicht tätig werden, d. h. er *darf* nicht umlenken, noch viel weniger „*soll*" er dies tun, sondern er muss den Zug weiterfahren lassen, obwohl dabei das „größere" Übel zugelassen wird. Denn, das jeweils „kleinere" Übel zu wählen, hätte ein quantitatives Abwägen von Leben gegen Leben zur Voraussetzung. Das aber wird von den Verteidigern der bestehenden Rechtsordnung in jeglicher Form als Unrecht zurückgewiesen. Somit verbleibt als juristische Rechtfertigung für die Weiterfahrt wiederum der (in diesem besonderen Fall fragwürdige) Verweis auf die normative Differenz von Tun und Unterlassen.

Doch auch hier müssen wir uns nochmals die Frage stellen: Hat man mit dem Zugeständnis, dass das *Quantitätsargument* (Maximierungsregel) nicht grundsätzlich abzulehnen sei, dass also die Verminderung der Zahl derer, die vom Unglück und vom Unrecht betroffen werden, eine plausible Rechtfertigung für die Erlaubnis (oder sogar für die Verpflichtung) umzulenken darstelle, zumindest aus der Sicht der Betroffenen zu viel bewiesen? Steckt nicht doch hinter dem Misstrauen gegenüber Quantifizierung-Befürwortern ein sinnvoller Gedanke?

Verpflichtung zur Opferbereitschaft entspricht nicht der Menschenrechts-Konzeption der Aufklärung

Überlegen wir noch einmal die Hinweise, welche Konsequenzen anderenfalls nicht zu vermeiden sind. Ein mit Gültigkeitsanspruch vertretenes generelles *Quantifizierungs-Gebot* („Wähle immer das kleinere Übel!") hätte zur Folge, dass auch die vom Übel Betroffenen einen sich daraus ergebenden Rechtfertigungsversuch als gut begründet anzuerkennen hätten und somit moralisch in ihre Opferung *einwilligen* müssten. Moralisch dürfte von Unrecht und dessen Minimierung gar nicht mehr die Rede sein. Dieser Gedanke kollidiert aber mit der Einsicht, dass grundlegende und höchstrangige individuelle Rechtsansprüche zwar gegebenenfalls kollidieren mögen, aber nicht einseitig durch Verweis auf vergleichbare Interessen und Ansprüche einer Mehrheit relativiert werden können. In diesem Fall müsste eine eindeutige, der faktischen Einwilligung vorausliegende Verpflichtung vermittelbar sein, gegebenenfalls auf das eigene Leben zu verzichten. Wie aber sollte hierbei argumentiert werden?[69]

Einigermaßen plausibel sind in solchen und ähnlichen Zusammenhängen ohnehin nur vertragstheoretische Konstruktionen, bei denen von vorneherein auf Fairness und nicht bloß alleine

---

69 Vgl. dazu auch Reinhard Merkel, Können Menschenrechtsverletzungen militärische Interventionen rechtfertigen? In: Humanitäre Intervention; hg. von Meggle, (FN4); 2004, S. 46. Merkel lehnt humanitäre Interventionen ab, bei denen voraussichtlich unschuldige Zivilisten getötet werden. Falls man davon ausgeht, dass es ein Recht dafür gibt, dann müsste es zugleich aus der Sicht der Unschuldigen eine Pflicht zur Selbstopferung geben. Jedoch „Wie eine solche Pflicht, sein Leben für andere zu opfern [...] zu begründen sein sollte, ist schlicht unerfindlich."

auf Eigennutz Bezug genommen wird.[70] Daher spielt auch bei der neuzeitlichen Begründung der allgemeinen Wehrpflicht, wo dem Einzelnen das Risiko des Lebensopfers zugemutet wird, die unterstellte Freiwilligkeit eine entscheidende Rolle. J.-J. Rousseau, der die Brutalität der damals üblichen Söldnerheere anprangerte und als Vordenker der allgemeinen Wehrpflicht gilt, spricht sich in seinem Buch *Vom Gesellschaftsvertrag* dafür aus, dass „alle im Notfall für das Vaterland kämpfen" müssen und dass „wer sein Leben auf Kosten anderer erhalten will, es auch für sie hingeben muss, wenn es nötig ist."[71] Ebenso versucht J. Rawls die Zumutbarkeit der Wehrpflicht auf faire Grundsätze für die Verteilung von Lasten nationaler Verteidigung zu gründen, auf die sich die Bürger in einer fiktiven Grundvereinbarung festgelegt hätten.[72]

Viel kritischer äußert sich J. Habermas, wenn er mit Verweis auf die Implikationen der modernen Vernunftmoral die Rechtfertigung der Wehrpflicht in Frage stellt:

„*Keine irdische Macht darf den autonomen Willen ein sacrificium für vermeintlich höhere Zwecke auferlegen. Deshalb wollte die Aufklärung das Opfer abschaffen. Dieselbe Skepsis richtet sich heute gegen die staatliche Todesstrafe, übrigens auch gegen die Legitimität der allgemeinen Wehrpflicht.*"

Dem christlichen Opfergebot kommt für Habermas in einer aufgeklärten Vernunftmoral eben keine strenge Verbindlichkeit mehr zu. Daraus folgt für ihn:

---

70 Bei der Zustimmung zum Losentscheid sollte daher der Gedanke der Chancengleichheit für beide Seiten im Vordergrund stehen und nicht nur die Erwartung, dass man selber dabei seine Chance auf 50:50 verbessert. Andernfalls würde man die Zustimmung sofort aufkündigen, sollte man wirklich der Verlierer sein.
71 J.-J. Rousseau, Sozialphilosophische und Politische Schriften; hg. Koch; 1981, S. 295f.
72 J. Rawls, Eine Theorie der Gerechtigkeit; Suhrk. 1975, S. 418.

„Das ist der Grund für die vorsichtig-resignierende Beschränkung auf eine Moral der Gerechtigkeit. Diese mindert ja nicht unsere Bewunderung für eine absolute Hingabe an den Nächsten [...]" [73]

Dieses Credo anerkennend stehen wir bei unseren Fallbeispielen vor einem *Paradoxon*. Die Betroffenen müssten zwar zugestehen, dass sie selbst aus moralischen Gründen nicht anders entscheiden dürften. Das wären sie der Vermeidung des „größeren Übels" in Gestalt der größeren Zahl schuldig. Sie würden sich aber bei diesem fiktiven Rollentausch zugleich das Geständnis abverlangen müssen, noch immer Unrecht zu tun mit Bezug auf das, was sie im Gegenzug dem einzelnen Individuum aufbürden. Diese Widersprüchlichkeit bleibt bestehen und ist auch unvermeidlich. Die Rechtsordnung hätte daher, egal welche Handlungsalternative gewählt wird, eine Variante des entschuldigenden Notstandes anzuwenden. In diesem Zusammenhang wird gelegentlich die Idee eines „übergesetzlichen Notstandes" diskutiert. In keinem Fall wären die Bedingungen für einen entlastenden „rechtfertigenden Notstand" erfüllt.

Es ist daher davon auszugehen, dass die herrschende Rechtsmeinung, was unsere Dilemma-Beispiele betrifft, die Wahl des *„größeren Übels"* abverlangt und den Verfechtern des „kleineren" Übels bestenfalls das entschuldigende Notrecht auf Selbstschutz und Schutz von Nahestehenden zugesteht. Zwar wären diese nicht gerechtfertigt, hätten aber ohne persönliche Schuld gehandelt. Die angesprochenen Umfrageergebnisse beweisen jedenfalls, dass die Alltagsmoral das Lokführer-Beispiel überwiegend quer zu dieser bestehenden Rechtsauffassung beurteilt. Und der in dieser Abhandlung vorgeschlagene Lösungsansatz zum Trolley-Problem könnte als Versuch gewertet werden, die Auffassung der Alltagsmoral zu bestätigen. Das ist richtig, was die Handlungsentscheidung, ist aber fraglich, was das Gerecht-

---

[73] J. Habermas, Zeit der Übergänge. Kleine Politische Schriften IX; Suhrk. 2001, S. 193.

fertigt-sein betrifft. Denn ich meine hier, dass der qualifizierte Garant (der *Lokführer*), obwohl er doch so gut wie *aktiv* einer Person den Tod bringt, mit der Wahl des kleineren Übels nur einen „gerade noch" ausreichenden Grund haben würde, umzulenken: Das heißt, er steht doch nicht zwischen zwei gleichermaßen ungültigen Alternativen, die bestenfalls die *Erlaubnis* ermöglichen, nach freiem Ermessen eine davon zu wählen. Trotz schlechtem Gewissen *sollte* er daher die kleinere Gruppe wählen. Bildlich: Die argumentative Waage neigt sich gerade noch wahrnehmbar in diese Richtung. Die getroffene Wahl ist gewissermaßen die vorteilhaftere unter den nicht gerechtfertigten Möglichkeiten. Ist damit das Entscheidungsdilemma doch auflösbar? Nur mit Einschränkung, denn man will bei der Entscheidung jedes Unrecht vermeiden und kann es nicht. Der genannte Grund (Quantität) ist nur mit Bezug auf einen *Teilbereich* der Situation, die Schonung der Mehrheit, ein ausreichender Grund.

Wer hat also recht, der Optimist, der noch immer auf eine legitimierbare Lösung des Trolley-Dilemma hofft, oder der Skeptiker, der dies verneint? Beide haben recht und unrecht zugleich. In der Rechnung beider bleibt ein Rest. Einerseits ist man, was die Gesamtsituation betrifft, legitimiert umzulenken. Die Alltagsmoral der Befragten teilt zwar überwiegend diese Ansicht und hat dabei kaum ein schlechtes Gewissen. Dennoch signalisiert auch die nicht enden wollende Diskussion: Man verbleibt im persönlichen Dilemma, Unrecht nicht vermeiden zu können. Es existiert keine Synthese, bei welcher beide Standpunkte auf einer höheren Ebene dialektisch versöhnt wären.

Die bequeme Berufung auf das *Volenti non fit iniuria* wäre eine zufällige und damit unzureichende Art von Versöhnung, darauf wurde schon hingewiesen. Sie wäre dann gegeben, wenn die vom tragischen Schicksal Betroffenen sich von vorneherein intuitiv mit der überwiegenden Meinung der Alltagsmoral identifizierten und damit ihrer möglichen Opferung zugestimmt hätten. Die ethische Legitimierung des Umlenkens hätte sich damit auf die Faktizität einer moralischen Weltanschauung gestützt, was in ihrer Zirkularität das letzte Wort nicht sein kann. Die „Versöhnung" in Form einer faktischen Zustimmung löst das Problem nicht und ist unzulässig, sobald, was die eigenen Rechte anlangt, Irrtum unterstellt werden kann. Sie beruht, wie eben angedacht, auf der schwankenden Überzeugung innerhalb der Alltagsmoral. So spricht sich auch nur die Intuition der Mehrheit der Befragten für das Umlenken aus. Eine nicht unbeträchtliche Minderheit (ca. 10-15 %) und immerhin die „herrschende Meinung" innerhalb der europäischen Rechtsdogmatik lehnen es ab, in dieser Weise „Schicksal" zu spielen.[74]

Man kann natürlich bezüglich dieser Vertreter des Mehrheitsvotums argumentieren, ihnen würde als möglicherweise Betroffene zu ihrem „Glück im Unglück" das Bewusstsein fehlen, dass ihnen Unrecht zugefügt werde. Wenn vorausgesetzt werden müsste, dass Unrecht antun auf der Gegenseite ein Unrechtsbewusstsein voraussetzt, wäre man zumindest bei den Vertretern der Mehrheitsmeinung aus dem Schneider: Ihnen geschieht nicht mehr oder weniger als das, was sie sowieso vertreten. In ersten Moment klingt dies plausibel. Aber natürlich kann etwas, was für den Betroffenen, vielleicht auch für das in-

---

[74] Z. B. Johannes Wessels, Strafrecht Allgemeiner Teil, Verlag Müller (2009). Wessels lehnt hier sogar die Möglichkeit eines „übergesetzlichen" entschuldigenden Notstands ab, „[...], wenn ein oder mehrere bisher völlig ungefährdete Menschenleben aufgeopfert werden, um eine größere Menschenmenge zu retten." Er bezieht sich dabei auf den in Juristenkreisen vielfach erörterten „Weichensteller-Fall", der bereits 1951 (in: ZStW 63) von Hans Welzel als Schulbeispiel entwickelt wurde und dem späteren Trolley-Fall von Ph. Foot (1984) in wesentlichen Punkten ähnlich konstruiert ist. In diesem Beispiel lenkt ein Weichensteller einen führerlosen Güterwagen auf das einzige Nebengeleis, um einen Zusammenstoß mit einem vollbesetzten Personenzug zu verhindern, wodurch aber einige Arbeiter getötet werden, die auf diesem Nebengleis einen Güterwagen entladen. Wessels vertritt dazu die These: „Angesichts der Gleichwertigkeit allen menschlichen Lebens ist die Setzung einer völlig neuen Gefahr für einen Menschen ein vorwerfbares ‚Schicksalspielen', welches die Gemeinschaft nicht straflos lassen sollte." (S. 163).

dividuelle Gewissen des Täters, ungeprüft als gerecht erscheint, an sich und in Wahrheit schreiendes Unrecht sein. Der „gute" Sklavenhalter und der „gute" Sklave wären sonst vom Fortgang der Moral- und Rechtsentwicklung nicht widerlegt worden. Was man der Gattung „Mensch" schuldig ist, steht eben oft im Widerspruch zu dem, was faktisch einzelne Individuen wechselweise erwarten und einfordern.

Problematische Rechtfertigung (Umlenken) durch zahlenmäßige Verringerung der von Unrecht Betroffenen. Jegliche Notwehr zulässig

Wird damit die Sinnhaftigkeit quantifizierenden Abwägens dort, wo kein anderes Kriterium zur Verfügung steht, wieder bestritten? Ja, wenn mit Quantifizierung (I) gemeint wäre, der Wert von zwei Menschenleben könnte addiert werden in der Art und Weise, wie man den Geldwert von zwei Bildern von Rembrandt errechnet. Nein, wenn mit Quantifizierung (II) ausgesagt werden soll, dass mit Bezug auf eine der beiden Handlungsalternativen eine *Überzahl* gleichrangiger Verpflichtungen als relevant zu beachten sei. In diesem Sinne ist bereits bei den Hilfeleistungspflichten („so viele wie möglich" retten) ein Quantifizierungsverbot nicht angemessen. Was dort relevant ist, dürfte hier, bei einer Kollision von Unterlassungspflichten, nicht ganz ohne Bedeutung bleiben. Daher die Frage: Welche Folgerungen ergeben sich daraus für Tötungsverbot-Kollisionen?[75]

---

75 Es ist nicht einleuchtend, dass es, wie vielfach behauptet wird, eine Kollision von Unterlassungspflichten (Verboten) nicht geben könne. Ein einfaches Nichthandeln würde ausreichen, um diese Kollisionsmöglichkeit auszuschließen. Die Frage, was man denn bei gleichrangigen Pflichten primär unterlassen soll, könnte damit gar nicht entstehen. Denn vielerlei kann man gleichzeitig „nicht tun". Gesteht man aber zu, dass gleichrangig die Verpflichtung denkbar ist, x zu unterlassen und das Unterlassen von y zu unterlassen (bei „Tun durch Unterlassen"), befindet man sich in einer Kollision von Unterlassungspflichten. Eine Kollision von Unterlassungspflichten liegt demnach vor gegenüber ein und derselben Person, wenn man verpflichtet ist, sie nicht zu belügen, und ebenso, sie oder Dritte dadurch nicht zu irreparablen Schädigungen kommen zu lassen. Eben-

Wenn man es, am Höchstwert selbstbestimmten Lebens festhaltend, als zulässig oder sogar als gerechtfertigt anzuerkennen hat, die Anzahl der Bedrohten zu minimieren (Quantifizierung II), müsste zumindest aus diesem Grund die Entscheidung, den Trolley oder das Auto umzulenken, aus moralischer Sicht allgemein zustimmungsfähig sein. Das gilt grundsätzlich auch für die von der Gefahr betroffenen Personen. Was folgt also daraus? Ein anklagendes „Warum gerade ich?" hätte keine Berechtigung mehr? Mit dem Eingeständnis des Betroffenen, im Rollentausch, d. i. in die Lage des Täters versetzt, ebenso urteilen und handeln zu dürfen, entfiele sowieso der letzte Rest von Unrecht? Bin ich einer aus der kleineren Gruppe, habe ich moralisch kein gültiges Argument, mein Lebensrecht einzufordern. So scheint es jedenfalls auf dem ersten Blick. Im Unterschied zur oben vermuteten intuitiven Zustimmung der Vertreter des Mehrheitsvotums setzen wir jetzt voraus, wir hätten es mit einer ethisch vermittelten Zustimmung zu tun.

Aus eben dieser Sicht beansprucht auch eine Reihe von Moralphilosophen, zeigen zu können, dass Quantifizierung (II) nicht bloß erlaubt ist, sondern sogar geboten erscheint. Das Dürfen wird damit in ein Sollen umgewandelt, was einen entscheidenden Unterschied ausmacht, denn damit wird eine gelungene Rechtfertigung behauptet. So spricht sich John Harris in *Der Wert des Lebens* entschieden für die Maximierungsregel aus. Das heißt für ihn im Gegenzug: Man würde bei der Rettung einer Gruppe von zwei Personen anstatt einer Gruppe von drei Personen den Wert der zusätzlichen Person gleich Null setzen. Dies käme einer Geringschätzung gleich. Demgegenüber muss es doch geboten sein, „[...] *so viele Menschen wie möglich*

---

so kann man aus besagten Gründen auch im Falle des Lokführers von kollidierenden Tötungsverboten sprechen, hier aber gegenüber verschiedenen Personen. (Siehe zur Kollision von Unterlassungspflichten auch: Dietmar von der Pfordten, Normative Ethik; 2010, S. 322.)

zu retten und so wenige Menschen wie möglich zu töten (gesetzt die Umstände lassen mir keine andere Wahl)." [76]

Dietmar von der Pfordten argumentiert ähnlich. Übertragen auf das Trolley-Problem bedeutet dies für ihn, es ist moralisch sogar geboten, auf das Nebengeleis umzulenken. Denn in dieser Pflichtenvariante

„*[...] stehen sich jeweils gleich starke und damit gleichrangige Unterlassungspflichten bezüglich der Individualzone gegenüber. In einem solchen Fall muss die Anzahl der Pflichten [...] den Ausschlag geben. Der Zugführer ist verpflichtet, die mehreren Personen auf dem einen Gleis zu retten.*"[77]

Das klingt nach gelingender Rechtfertigung. Kann man diesem Optimismus zustimmen? Da dürfte ich mich also doch nicht zur Wehr setzen? Notwehr wäre moralisch betrachtet illegitim, weil der Angriff moralisch gerechtfertigt erscheint! Man dürfte folglich das Fahrzeug nicht mit allen Mitteln stoppen, wobei vielleicht auch noch der Lokführer sein Leben verliert?

Gehen wir noch einen Argumentationsschritt weiter. Nehmen wir an, der erwähnte *Autofahrer* hat als dritte Alternative die Möglichkeit, eine außenliegende Spur zu wählen, wobei dann er selbst über eine Klippe in den sicheren Tod stürzt. Lenkt er in die außenliegende Spur, würde er also selbst getötet werden, alle anderen blieben verschont. Tut er es nicht und tötet dabei andere, dann entspricht diese Situation dem „Brett des Karneades"[78]. Es wäre ein Fall für entschuldigenden Notstand. Der

---

[76] John Harris, Der Wert des Lebens. Eine Einführung in die medizinische Ethik; Akademie Verlag, 1995, S. 52f.
[77] Dietmar von der Pfordten, Normative Ethik; de Gruyter, 2010, S. 130f. u. 332.
[78] Eine ethische Problemstudie, die dem altgriechischen Philosophen Karneades zugeschrieben wird: Es gibt ein rettendes Brett und zwei Schiffbrüchige. Das Brett kann aber nur einen tragen ...

Fahrer selbst ist dann zwar nicht gerechtfertigt, aber immerhin strafbar schuldig.

Wieso aber sollten die vorher genannten Befürworter des „kleineren" Übels verpflichtet sein, als selbst Betroffene ohne Gegenwehr den Tod auf sich zu nehmen? Weil sie im Rollentausch selber auch so entschieden hätten? Davon sind wir bisher ausgegangen. Und man könnte meinen, diese Konsequenz wäre logisch zwingend. Dieses Argument unterschlägt aber in Wahrheit den Umstand, dass die Schonung der größeren Menge eben keine Rechtfertigung vor oder gegenüber den Mitgliedern der kleineren Menge darstellt. Diese Form der Rücksichtnahme verringert bloß, auf das Individuum bezogen, die Zahl derer, denen man trotz allem Unrecht antut, weil man ihnen doch in höchstem Maße das Leben-lassen schuldet. Es kann nie eine Berechtigung oder Pflicht geben, jemanden für andere aufzuopfern, und niemals eine Pflicht, sich selbst aufzuopfern bzw. der Opferung zuzustimmen, wenn die Achtung gegenüber der Selbstbestimmung Unschuldiger oberste Pflicht ist. Es kann aber trotz allem eine moralische Pflicht sein, die Zahl der Betroffenen zu minimieren. Diese Widersprüchlichkeit ist der Situation angemessen und scheint unvermeidlich zu sein.

Eine Rechtfertigung durch Quantifizierung verbieten, und trotzdem gelte zugleich ein Minimierungs-Gebot, passt das zusammen? Natürlich nicht, denn die gebotene Minimierung der Zahl der von Unglück und Unrecht Betroffenen ist eben auch eine Art von Quantifizierung. Ein absolutes Tabu der Quantifizierung (II) dagegen sichert nicht, sondern verletzt vielmehr in größerem Umfang das fundamentalste Grundrecht einzelner Individuen. Es ist daher vernünftig, dass aufrecht bleibt „Jeder vermeidbar Geopferte ist um einen zu viel." Jeder einzelne der unschuldig Betroffenen kann nämlich, um im Bild vom „Brett des Karneades" zu bleiben, den Vorwurf erheben, „Rühr mich und mein Brett nicht an!", weil er doch gegenüber dem Aggressor ein existenzielles Abwehrrecht (Notwehr) hat. Diesem käme, wenn er nicht anders sein Leben retten könnte, sogar ein rechtfertigender Notstand zu.

Lässt man beim Gedankenexperiment „Autofahrer" diese besagte dritte Spur weg, so hätte dieser, konsequent gedacht, zwischen zwei Schädigungsverboten und in Folge zwischen der kleineren und der größeren Gruppe zu wählen. Die Situation erzwingt diese Wahl. Dabei muss eben, von der Quantität her betrachtet, auch zwischen einem kleineren und einem größeren Übel gewählt werden. Das Problem bleibt aber: Es kann nicht vermieden werden, Unrecht zu tun. Die Rechtsauffassung *erlaubte* zwar, würde die Gleichstellung von Tun und Unterlassen in diesen Fällen voll zugestanden sein, eine beliebige Wahl, könnte aber mit der damit provozierten „rechtfertigenden Pflichtenkollision" (Hefendehl) dieses moralische Unrecht auch nicht verhindern. Auf der Grundlage des konsequent angewandten Gleichstellungs-Paragraphen sollte vom Recht her der umlenkenden Person kein Rechtsbruch angelastet werden, auch wenn sie im Rahmen der zugestandenen Wahlerlaubnis das Übel der *Quantität* nach minimiert und damit privat ein weiteres (der persönlichen Interessenlage entzogenes) Kriterium heranzieht. Diese Art der Quantifizierung (II) sichert aber *moralisch* keine volle Rechtfertigung im üblichen Sinne. Sie verringert gewissermaßen nur die Zahl der „Gläubiger" und ändert nichts an der Qualität der Schuld den restlichen Gläubigern gegenüber. Und darin besteht das echte und zugleich objektive Dilemma, das im Falle des absoluten Quantifizierungsverbotes durch die Rechtsordnung in noch größerem Ausmaß Realität annimmt. Daher trifft auch den *Autofahrer* in vollem Umfang eine Gewissensschuld gegenüber den Ansprüchen der jeweils betroffenen Individuen, egal, ob er die größere oder kleinere Gruppe wählt. Der einen wie der anderen Person bringt er den Tod und setzt damit vorwerfbar Unrecht, eine Konsequenz, die sich jeder juristischen Regelungsmöglichkeit entziehen dürfte. Die Betroffenen sind dem Handelnden in dieser Situation zwar unbekannt, jedoch wird er spontan Bedauern und auch Mitleid empfinden. Trotzdem sind sie Opfer seiner Wahl, sofern er einer überlegten Wahl noch fähig war.

Vielleicht möchte man diesem Dilemma-Befund noch einmal entgegenhalten, dem besagten Autofahrer (vgl. S. 118), sei es doch gar nicht möglich, beiden Seiten gerecht zu werden, und es sei ihm ebenso unmöglich, die tragische Wahl zu verweigern. Er ist durch die Umstände zur Wahl gezwungen. Daher habe der alte Grundsatz *Ultra posse nemo obligatur*[79] zu gelten. Darauf ist wiederum zu antworten: Auch wenn er *zur* Wahl gezwungen ist, so hat er doch die Freiheit, sich für die eine oder die andere Alternative zu entscheiden. Dieser Verantwortung kann er sich nicht entziehen, außer man ändert in diesem Fallbeispiel wesentliche Randbedingungen und setzt einfach als gegeben voraus, der Fahrer habe sowieso nicht die Zeit oder die psychische Stabilität, eine durchdachte Entscheidung zu treffen. Dann hätte man aber den Fehler gemacht, die eigentliche Fragestellung zu umgehen, die doch lautete: Welche Entscheidung lässt sich argumentativ rechtfertigen?

---

[79] Römischer Rechtsgrundsatz: „Über das Können hinaus wird niemand verpflichtet."

Rechtsordnung und Alltagsmoral argumentieren einseitig und verkürzt.
Sinn von „Wähle das kleinere Übel"

Die herrschende Rechtsmeinung und die überwiegende Meinung der Alltagsmoral kommen, wie zu zeigen versucht wurde, zu gegensätzlichen Lösungen des Trolley-Problems. Zusammenfassend sollen deren Auffassungen nochmals in Form eines kleinen Dialoges vorgestellt, verglichen und bewertet werden. Dabei wird man zu dem Schluss kommen, dass beide Seiten in gewisser Weise recht haben. Aber beide argumentieren zugleich verkürzt und einseitig:

Die *Alltagsmoral* hat von ihrem Blickwinkel her recht mit dem Imperativ „Umlenken!".

Die *Rechtsordnung* hat ebenso recht mit dem Urteil, dass ein Umlenken nicht zureichend gerechtfertigt sein kann.

Die *Alltagsmoral* argumentiert: Das bin ich der Mehrheit schuldig. Ich bin mir bewusst, ich habe das größere Übel zu vermeiden.

Die *Rechtsordnung* kontert: Mit dieser Art von Rechtfertigung übersieht man, dass fünf Leben nicht wertvoller sind als eines. Menschenleben sind nicht verrechenbar, weil jedem, als Subjekt von „Würde", bereits ein nicht zu steigernder Höchstwert zukommt.

Die *Alltagsmoral* kann darauf antworten: Grundsätzlich stimme ich diesem Würde-Argument zu. Es steht aber auch gar nicht im Widerspruch zu meinem Argument. Es gibt einen Sinn von Quantifizierung, der damit verträglich ist und den du selbst auf einer analogen Ebene bereits anerkannt hast.

Du befürwortest doch auch die These:

dass es moralisch besser und daher gerechtfertigt ist, zu versuchen, Max und Moritz aus dem brennenden Haus zu retten statt Moritz alleine.

Man wählt damit das kleinere Übel. Diese plausible quantifizierende Bewertung muss doch auch relevant sein für unsere Konfliktsituation. Es müsste analog gelten:

dass es ebenfalls besser und daher gerechtfertigt ist, zu versuchen, Max, Otto, Hans, Walter und Leo zu retten (zu verschonen) statt Moritz alleine.

Die *Rechtsordnung* bestreitet dieses Argument: Diese Analogie gehe zu weit! Denn im zweiten Fall wird ein Unschuldiger geopfert, so dass nur im besagten *Tausch* (entweder dieser oder jene) die fünf anderen gerettet werden können. Die Rettung von „mehr" (Max, Otto, Hans, Walter und Leo) geht zu Lasten der bisher ungefährdeten Einzelperson Moritz. Hier darf nicht Leben gegen Leben verrechnet werden, daher ist, nach dieser Rechtsauffassung, ein Umlenken nicht gerechtfertigt und nicht erlaubt. Kann man dieser Schlussfolgerung zustimmen?

Die paradoxe Konsequenz aus dieser Gegenüberstellung besteht darin, dass sich wohl nur mit Rücksicht auf einen (wenn auch erheblichen) *Teilbereich* der Gesamtsituation ein Umlenken rechtfertigen lässt.[80] Der hier anwendbare Grundsatz „Man soll das kleinere Übel wählen!" bezieht sich nur auf das gegebene *Nebeneinander* der jeweils individuell geschuldeten Einzelverpflichtungen, Unschuldige nicht zu töten. Es ist daher vom Autofahrer oder vom Lokführer nicht abzuwägen zwischen der Pflicht gegenüber dem Insgesamt der kleineren Gruppe und dem

---

80 Das sei auch gegenüber der Position von A. Dufner und B. Schöne-Seifert angemerkt. Siehe oben, Anm. 64, wobei hier konkurrierende Rettungspflichten zur Diskussion stehen.

Insgesamt der größeren Gruppe. Weder der Einzelne noch eine einzelne Gruppe, aber auch nicht die Gesamtmenge der potenziell Betroffenen kann Nutznießer des kleineren Übels sein.

Das „Wähle das kleinere Übel!" bedeutet hier eigentlich nur: „Lasse so wenig wie möglich Unschuldige zu Tode kommen!" Es existiert beim kleineren oder größeren Übel als Bezugspunkt nur der moralisch Urteilende selbst. Er ist Bewertungssubjekt, es gibt aber, wie bereits ausgeführt, keinen *Träger* des kleineren Übels im Sinne eines Erlebnisses – oder Leidenssubjekts. Das Übel, das kleiner oder größer genannt werden kann, ist somit nicht (addiert und verglichen) die Todeszahl als solche, sondern die jeweilige *Täterschaft*, d. i. die Handlungsweise des Tötens einer Minderzahl oder einer Mehrzahl. Das heißt zugleich, ein unschuldiges Opfer gilt genauso viel wie deren fünf, insofern fünf keinen höheren und damit auch keinen vorzüglicheren Rechtsanspruch besitzen. Wohl aber stehen sich gegenüber: eine Einzelverpflichtung und fünf Einzelverpflichtungen derselben Qualität. Entscheidet man sich *für* die fünf Einzelverpflichtungen, bezogen auf die größere Gruppe, hat man das kleinere Übel gewählt.

Daher *sollten* der Autofahrer und der Lokführer umlenken und damit die größere Gruppe verschonen. Aber nicht deshalb, weil sie ein Vorrecht hätte, nicht deshalb, weil es insgesamt gerechtfertigt wäre, der Minderzahl die Duldungspflicht ihrer eigenen Opferung zuzumuten, sondern deshalb, weil man dadurch der *Zahl* nach weniger *gleichrangige* Rechtspflichten verletzt. Die Kehrseite besteht nun darin, dass der Entscheidungsträger zwar gezwungen ist, zwischen zwei Übeln zu wählen, er aber zugleich voll zu verantworten hat, *wen* es trifft. Da man von niemandem erwarten darf, er solle der Verpflichtung zustimmen, sich für andere aufzuopfern, ihm aber dieses Opfer aufgezwungen wird, geschieht damit demjenigen, gegen welchen in freier Wahl entschieden wurde, in einem nicht steigerbarem Maße Unrecht.

Und das ist die Paradoxie und das moralische Dilemma: durch die Wahl des kleineren Übels nur in einem Teilaspekt der Situation *gerechtfertigt* zu sein, und in Folge doch nicht ohne Schuld handeln zu können. Denn auch das kleinere Übel ist und bleibt hier Verletzung des fundamentalsten Menschenrechts der betroffenen Personen. Aus diesen Überlegungen resultiert die Schlussfolgerung: Sofern man die Denkweise des Utilitarismus (Nutzensumme) zurückweist und die Auffassung der gängigen Rechtsordnung nicht teilen kann, dass ein Untätigbleiben des Lokführers schlimmstenfalls einer unterlassenen Hilfe gleichzusetzen ist, ergibt sich für die normative Ethik der Kantischen Tradition bei dieser Fallstudie das Bild eines „echten" moralisches Dilemmas.

Sind Losverfahren möglich, darf die Opferung eigenen Lebens nicht erzwungen werden (Durchsetzungs-Dilemma)

Noch einige abschließende Ergänzungen und Anmerkungen zur *Verfahrens-Gerechtigkeit* in Gestalt des erwähnten Losverfahrens. Dieses formale Kriterium zielt ab auf Gewährung von Chancengleichheit in bestimmten Konfliktsituationen. Die Forderung nach Chancengleichheit ergibt sich unmittelbar aus der Idee der Gleichheit der Würde jedes Einzelnen. Vor allem in einer Rechte-Pflichten-Ethik begründet diese Idee die Verpflichtung zur gleichen Berücksichtigung der berechtigten Interessen von jedermann. In diesem Sinne wird in der deontologischen Ethik der Chancengleichheit der Vorrang vor jedweder Form von bloßer Maximierung einer Nutzensumme eingeräumt. Gerechtigkeit durch formales Verfahren anstelle von fragwürdigen Begründungsversuchen könnte in Folge auch das begrenzte Gewicht des „kleineren Übels" ersetzen.

Deshalb ist es angebracht, nochmals zurückzublicken und zum wiederholten Male zu fragen, ob nicht doch die oben erwähnte Methode einer *Entscheidung durch das Los* eine gerechtfertigte und zugleich schuldausschließende Lösung ermöglichen könnte. Die Vorschläge von Pufendorf, Nelson und Bernsmann weisen in eine Richtung, die bei genauerer Betrachtung einen neuen Gesichtspunkt im Trolley-Beispiel aufdecken. Gehen wir also probeweise davon aus, dass dem Lokführer, der von den bedrohten Arbeitern Kenntnis hat, gerade noch Zeit bliebe für ein gewissenhaftes, aber stellvertretendes Losverfahren. Denken wir an die Möglichkeit eines schnellen *Münzwurfes*. Ein faires Verfahren würde an sich zwar Wissen und Einverständnis der Betroffenen voraussetzen. In der geschilderten Notlage ist das unmöglich, aber auch nicht wirklich notwendig. Warum? Wenn man den genannten Autoren zustimmt, was ich für vernünftig halte, dann deshalb, weil sowieso und von vorneherein die Verpflichtung zur Teilnahme besteht. Die faktische Einwilligung ist daher im Ausnahmefall nicht erforderlich.

Prüfen wir also nochmals, ob das Ergebnis dieses Losverfahrens dem Lokführer eine gerechtfertigte Handlungsweise im vollen Umfang ermöglichen kann. Die Situation ähnelt einer Gefahrengemeinschaft. Doch nur die Arbeiter befinden sich innerhalb dieser Gemeinschaft, der verantwortlich Handelnde steht außerhalb. Er muss nicht selbst entscheiden, bevorzugt nicht selbst den einen vor dem anderen, hat aber dafür zu sorgen, dass jedem der möglicherweise Betroffenen dieselbe Chancengleichheit zugestanden wird, mit dem Leben davonzukommen. Er überlässt dem Zufall diese Aufgabe. Die Entscheidung wird an den Würfel weitergereicht und der Lokführer ist nur ausführendes Organ, aber selbst ohne Zweifel von persönlicher Schuld freizusprechen und damit auch befreit vom drohenden Entscheidungsdilemma. Schließlich darf und soll er mit gutem Gewissen weiterfahren oder umlenken, je nachdem, wie der Würfel gefallen ist. Muss dagegen der Lokführer selbst die verhängnisvolle Wahl treffen, bleibt er offensichtlich im echten Dilemma.

Doch sind damit nicht alle offenen Fragen beantwortet. Denn es kommt jetzt darauf an: Kann man davon ausgehen, dass der fair Ausgewählte immer standhaft und willens ist, das Los auf sich zu nehmen? Damit steht man unter Umständen vor einem zweiten Dilemma, einem Folgedilemma. Nehmen wir an, es ist dem einen betroffenen Arbeiter im letzten Moment möglich, das Umlenken zu verhindern, sollte der Lokführer, falls er die Möglichkeit hätte, wieder gegenlenken? Anders gefragt, darf der Lokführer die Entscheidung mit Zwang durchsetzen? Diese Frage lässt sich verallgemeinern und kann auch im Anschluss an historisch verbürgte Schiffbrüchigen-Fälle diskutiert werden.

Die Praxis des Losens hat ohne Zweifel von alters her bei vielen offenen Fragen Tradition. Schon im antiken Griechenland diente das *Los-Verfahren* in schwer entscheidbaren Konfliktfällen der

Durchsetzung von Chancengleichheit. Nicht von ungefähr spricht man im übertragenen Sinn davon, dass jemand, der Glück hat, das große Los gezogen habe, oder auch, dass diese Person mit ihrem Los zufrieden sein könne. Umgekehrt heißt es auch, ein Mensch, der vom Pech verfolgt wird, er habe ein bitteres oder schweres Los zu tragen.

Wäre bei unserem Trolley-Beispiel ein Los-Verfahren vorstellbar, könnte auch hier analog argumentiert werden.[81] Wie vorhin angemerkt, ist es in einer echten Gefahrengemeinschaft denkbar, dass bereits die Zustimmung zu und die Teilnahme an solchen Verfahren der Chancengleichheit als gemeinsame Verpflichtung anzuerkennen ist. Daraus resultiert auch, dass man Vorbehalte, die Entscheidung bei negativem Betroffensein durch das Los nicht zu respektieren, und daher willkürliche Verweigerungen im Nachhinein, das Los auf sich zu nehmen, prima facie nicht gelten lassen muss. Es bestünde trotz aller Tragik eine Duldungspflicht. Die Frage ist nur, ob man zur Erfüllung dieser beiden Pflichten wirklich *gezwungen* werden darf. Für den S. Pufendorf im 17. Jh. besteht daran kein Zweifel, sowohl was die Teilnahme als auch was das Ergebnis betrifft. Bereits den, der sich weigert, beim Losverfahren mitzumachen, dürfe man (Beispiel Schiffbrüchige) mit gutem Gewissen über Bord werfen.

Das erscheint heutzutage wohl doch zu rigoros und entspricht nicht der modernen Auffassung vom Wert selbstbestimmten Lebens und der absolut zu achtenden Würde jedes Menschen. Zwar ist es richtig, für den Verlierer hat das Losergebnis ent-

---

[81] Das Losverfahren verhindert jedenfalls auch unnötiges Herunternivellieren der Chancen (Levelling-Down-Argument), um auf simple Art und gegen die Interessen aller Gleichheit herzustellen. Im Fall der Schiffbrüchigen wäre nämlich Chancengleichheit auch dann gegeben, wenn durch Untätigkeit die Chancen für alle auf null sinken. Wahrscheinlich würden dann alle sterben. Dürfte man annehmen, dies wäre der gemeinsame Wille, wäre allerdings nichts dagegen einzuwenden.

schieden, worin in erster Instanz seine Pflicht besteht. Man darf aber nicht vergessen, dass dem eine Selbstverpflichtung zugrunde liegt. Kommt er dieser Verpflichtung nach, verdient er sich die Hochachtung und die Dankbarkeit seiner Kameraden und es existiert kein Durchsetzungsdilemma. Bei Weigerung oder Gegenwehr erfüllt der Los-Verlierer seine durch Losentscheid auferlegte Verpflichtung nicht und stellt sich damit außerhalb die Moralgemeinschaft, wo der eine sich auf die Zusage des anderen verlassen kann. Er will (noch) nicht sterben und bleibt aus Überlebensinteresse den anderen deren sicheres Überleben schuldig. Er widerruft seine Opferbereitschaft und besteht auf sein absolutes Lebensrecht. Darf er das? Er darf!

Ist es nicht so, dass niemand über sein Lebensrecht verfügen darf außer er selbst, mit Ausnahme von Notwehr? Steht das eigene Leben auf dem Spiel, hat wohl jede Bringschuld aus einem Versprechen den Nachrang. So sehen es offensichtlich auch J. Habermas und R. Merkel (anders L. Nelson; siehe oben S. 105). So klar die Verpflichtung für den Verlierer moralisch begründbar ist, sie darf trotzdem in ihrer Erzwingbarkeit bestritten werden. Damit wird aber für die Nutznießer der Losentscheidung die faire Entscheidung, wem moralisch rechtmäßig die Opferrolle zukommt, wieder annulliert. Wenn der Verlierer auf sein Lebensrecht pocht, dann um den Preis, dass man sich über die Illoyalität und Unmoralität des Drückebergers empört und ihn als ehrlosen Feigling beschimpft. Denn er schuldet den anderen nicht weniger als deren Überleben. Aber er schuldet ihnen, wenn er weiterhin an seinem Leben hängt, keinen moralischen Heroismus, sich für andere aufzuopfern. Auf der Grundlage der modernen Konzeption der Menschenrechte ist davon auszugehen, dass bereits die ernsthafte Teilnahme zu einer solchen Auslosung implizit oder explizit mit der Zusage einer übermoralischen Opferbereitschaft verbunden muss, die auf Freiwilligkeit beruht und gar wohl widerrufen werden darf. Ohne eine solche absolute Vertragstreue wird der Losverlierer seine Schuld nicht begleichen wollen. Geht es beim Auslosen um Leben und Tod, ist daher anzuzweifeln, ob man sich hier auf eine moralisch oder rechtlich verbindliche Vereinbarung berufen kann. Werfen die Losgewinner den Verlierer gegen seinen Willen über Bord, dann handelt es sich offenkundig um ein Tötungsdelikt. In diesem Fall müsste uns die Rechtsordnung sagen: nicht gerechtfertigt, wenn auch unter Umständen nach § 10 entschuldigt.

Daher kann man J. Habermas zustimmen, wenn er sich (siehe oben, S. 126) entschieden gegen die Todesstrafe und für ein Freiwilligenheer ausspricht. Er fordert im Sinne des neuzeitlichen Denkens, dass keine irdische Macht dem autonomen Willen eine Opferbindung für vermeintlich höhere Zwecke auferlegen darf, weil doch nach dem Menschenbild der Aufklärung die allgemeine Gewährung selbstbestimmten Lebens selbst als der höhere Zweck gilt. Dieses Votum bezieht sich natürlich auch auf Fälle, wie sie hier geschildert wurden. Und auch R. Merkel warnt als Vertreter der modernen Rechtsphilosophie vor einem Begründungsvakuum, hier bezogen auf militärische Intervention. Er argumentiert: Für den Fall, dass es rechtlich und moralisch zulässig wäre –

„unschuldige Zivilisten zu töten, dann müsste es zu zugleich aus der Sicht der Unschuldigen eine Pflicht zur Selbstopferung geben. Wie eine solche Pflicht, sein Leben zu opfern [...] zu begründen sein sollte, ist schlicht unerfindlich"[82]

---

[82] Reinhard Merkel, Können Menschenrechtsverletzungen militärische Interventionen rechtfertigen? In: Humanitäre Intervention; hg. Meggle (FN4); 2004, S. 46; siehe auch oben Anm. 69

Das Trolley-Beispiel macht sichtbar:
Es gibt echte moralische Dilemmata

Wie ist also die strittige Frage, ob es echte moralische Dilemmata *gibt,* zu beantworten? Die Kasuistik der normativen Ethik beschäftigt sich nicht mit empirischen Tatsachenfragen. Vielmehr fragt sie: Gesetzt den Fall, es existiert mit Sicherheit jene ausweglose Situation. Welche Entscheidung des Lokführers ließe sich als richtig qualifizieren, falls er nicht auf eine gelingende Losentscheidung verweisen kann? Stünde er vor einem echten moralischen Dilemma, das auch die normative Ethik letztendlich nicht auflösen könnte?

Daher nochmals das Gesamtresultat der vorangehenden Untersuchungen zum Trolley-Beispiel von P. Foot: Es wurde zu zeigen versucht, dass bei der persönlichen Wahl des Lokführers zwischen der Mehrheit und der Minderheit die (problematische) Pflicht besteht, die Mehrheit zu verschonen, wenn auch mit massivsten Schuldgefühlen gegenüber der Minderheit. Die Mitglieder dieser Minderheit brauchen die Rettungstötung nicht zu dulden. Ihnen geschieht Unrecht und sie dürften sich, wenn es möglich wäre, mit allen Mitteln zur Wehr setzen. Wie wir gesehen haben, kommt P. Foot zu einem anderen Ergebnis. Weder der Lokführer noch der Weichensteller landen nach ihrer Fallbeurteilung im echten Dilemma. Sie würden beim Umlenken keine moralische Schuld auf sich laden.

Wenn meine Beurteilung zutreffend ist, so besteht für die Ethik zwar die Möglichkeit, für das *Umlenken* eine zulässige Rechtfertigung anzubieten. Wie die durchgeführten Umfragen beweisen, entscheidet sich die Alltagsmoral überwiegend, wenn auch intuitiv, ebenfalls für diese Variante. Trotz allem ist sie nur die vorteilhaftere von zwei schlechten Alternativen, und der

Lokführer bleibt mit einem Fuß im echten Dilemma gefangen. Denn dieses umfasst beide Merkmale: den Entscheidungsnotstand und das Unrechttun. Nun ist zwar gesichert, was zu tun moralisch geboten ist, er kann aber, so widersprüchlich dies auch erscheinen mag, weiterhin einen schwerwiegenden Fall von Unrecht nicht vermeiden: Es ist ihm nur möglich, die drohende Vervielfachung der Fälle zu vermeiden. Bemerkenswert und problematisch bleibt, dass sich die deutsch-österreichische Rechtsordnung aus den schon genannten Argumenten (keine „Abwägung" von Menschenleben) nach wie vor *gegen* das Umlenken und damit strikt gegen die Rettung der fünf Arbeiter aussprechen würde. Doch existieren zur österreichischen Rechtsauffassung einschlägige Kommentare (siehe Anm.32), dass ein Umlenken eines solchen Transportwagens zwar in keiner Hinsicht gerechtfertigt, aber zumindest zu „entschuldigen" wäre.

Hat also bei unserem Trolley-Fallbeispiel, wo zusätzlich und probeweise auch die Möglichkeit eines Losverfahrens in Erwägung gezogen wurde, die deontologisch orientierte Ethik versagt? Das lässt sich so nicht behaupten. Wohl gibt es sie, diese echten moralischen Dilemmata, zumindest im Bereich von definierten Fallbeispielen, doch die ausweglose Natur der geschilderten Situation lässt offenbar keine anderen Antworten zu. Dies plausibel zu begründen versuchen, zählt ebenfalls zu den Aufgaben der normativen Ethik.

Eine Fußnote sei noch angebracht. Zwar handelt es sich in unserem Fall nur um ein Gedankenexperiment, das uns daher als fiktives Dilemma nicht wirklich beunruhigen muss. Aber können wir wirklich sicher sein, in der realen Lebenswelt niemals mit einer ähnlich einzuschätzenden Situation konfrontiert zu werden?

Literaturverzeichnis

D. Birnbacher, Tun und Unterlassen; Reclam (1995)

T. Beauchamp/J. Childress, Principles of Beomedicine; Oxford (1994)

K. Bernsmann, Entschuldigung durch Notstand: Studien zu § 35 StGB; C. Heymanns Verl. (1989)

T. Cathcart, The Trolley Problem, or Would You Throw the Fat Guy Off the Bridge? Working Publishing Comp. (2013)

A. Dufner und B. Schöne-Seifert, Fairness und Effizienz in Verteilungskonflikten...; Work. Pap. (2012)

D. Edmonds, Would You Kill the Fat Man? Princeton Univ. Press (2013)

P. Foot, Das Abtreibungsproblem und die Doktrin der Doppelwirkung, 1967; abgedr. in: Um Leben und Tod; Suhrkamp (1990)

P. Foot, Töten und Sterbenlassen, 1984; dt. in: Die Wirklichkeit des Guten; hg. v. U. Wolf u. A. Leist, Suhrkamp (1997)

L Fritze, Die Tötung Unschuldiger; de Gruyter (2004)

J. Greene, Moral Tribes, Emotion, Reason, and the Gap between us and them; Penguin ress. (2013)

G. W. F. Hegel, Vorlesungen über die Geschichte der Philosophie; Bd 1, Suhrkamp (1971)

J. Harris, Der Wert des Lebens, Eine Einführung in die medizinische Ethik; Akademie Verl. (1995)

R. Hare, Moralisches Denken: seine Ebenen, seine Methode, sein Witz; Suhrkamp (1992)

R. Hare, Zum moralischen Denken; Bd.1, hg. v. Fehige u. Meggle; Suhrkamp (1995)

R. Hefendehl, Vorlesung Strafrecht AT, Online, WS 08/09

J. Habermas, Zeit der Übergänge. Kleine Politische Schriften; Suhrkamp (2001)

I. Kant, Grundlegung zur Metaphysik der Sitten; Kantwerke, Bd. 6, Wiss. Buchgesellschaft (1971)

I. Kant, Metaphysik der Sitten; Kantwerke, Bd.7, Wiss. Buchgesellschaft (1971)

R. Merkel, Können Menschenrechtsverletzungen militärische Interventionen rechtfertigen? in: Militärische Intervention; Paderborn (2004)

L. Nelson, Kritik der praktischen Vernunft; Öffentl. L.(1916)

D. v. d. Pfordten, Normative Ethik; de Gruyter (2010)

S. Pufendorf, Über die Pflicht des Menschen; Insel V. (1994)

J. Rawls, Eine Theorie der Gerechtigkeit; Suhrkamp (1975)

F. Ricken, Allgemeine Ethik; Kohlhammer (1998)

J. J. Rousseau, Sozialphilosophische und Politische Schriften; hg. v. E. Koch, Artemis (1981)

A. Schopenhauer, Über die Grundlage der Moral, in: Kleinere Schriften; Suhrkamp (1986)

A. Schweitzer, Kultur und Ethik; Reihe Beck (1960)

J. Taureck, Should the Numbers Count? in: Philosophy and Public Affairs 6 (1977)

Th. von Aquin, Summa Theologica, 2-2; Albertus-Magnus-Akademie (1953)

G. Timpe, Strafmilderungen des Allg. Teils des StGB und das Doppelwertungsverbot; Duncker & Humblot (1983)

J. Thomson, Killing, Letting Die and the Trolley Problem, 1976; repr. in Fisher and Ravazza (1992)

J. Wessels, Strafrecht Allg. Teil; C. F. Müller (2009)

H. Welzel, Der Weichensteller Fall; in: Zs TW (1951)

T. Zoglauer, Tödliche Konflikte; Omega Verl. (2007)

Der Autor

Alfred Elsigan, geboren 1940 in der Waldviertler Pfarrgemeinde Friedersbach, aufgewachsen auf einem Bauernhof, ldw. Fachschule, studierte nach der Externistenmatura Philosophie, Psychologie und Germanistik an der Universität Wien, wo er ein Doktorat in Philosophie ablegte. Während der Studienzeit war er als Heimerzieher berufstätig, danach als wissenschaftlicher Beamter, Univ. Assistent und Lehrbeauftragter, und bis zur Pensionierung als Assistenzprofessor an der Universität Wien. Seine wissenschaftliche Laufbahn markieren eine Reihe von Publikationen sowie Vortrags- und Lehrtätigkeiten, vor allem im Bereich Ethik.

Der Verlag

novum VERLAG FÜR NEUAUTOREN

> *Wer aufhört
> besser zu werden,
> hat aufgehört
> gut zu sein!*

Basierend auf diesem Motto ist es dem novum Verlag ein Anliegen, neue Manuskripte aufzuspüren, zu veröffentlichen und deren Autoren langfristig zu fördern. Mittlerweile gilt der 1997 gegründete und mehrfach prämierte Verlag als Spezialist für Neuautoren in Deutschland, Österreich und der Schweiz.

Für jedes neue Manuskript wird innerhalb weniger Wochen eine kostenfreie, unverbindliche Lektorats-Prüfung erstellt.

Weitere Informationen zum Verlag und
seinen Büchern finden Sie im Internet unter:

w w w . n o v u m v e r l a g . c o m